安達與島村
7
入間人間
插畫／のん
Kadokawa Fantastic Novels

島村
進入新學期以後，
還是一樣有點少根筋的女高中生。
雖然被安達告白，也開始跟她交往了，
但沒什麼實際感受，態度一如往常。
「早～」
「請……請多指教！」

「不過啊，妳來的真早呢。」
「我……我想說一起去學校！就……」
安達
體型細瘦，沒什麼曲線。
對島村表白後，
成功開始與她交往。
常常會做出一大早
來接島村之類的事情，
有些失控。

我作了一個夢。
是坐在變龐大的社妹頭上，
飄在夜空中漫步的夢。
感覺很開心。

我作了一個夢。
夢的內容棒到我不記得了。
真的棒透了。

「既然沒有地方好去，
那要不要一起來我住的鎮上看看？」
「那樣……或許也不錯。」
「噯，妳叫什麼名字？」

「嘿。」
「妳今天……呃，比較晚？」
「有點睡過頭。」
「喔。」
「我早上很難起來。」
「這樣啊。」

入間人間
插畫：のん

Kadokawa Fantastic Novels

電車開始向前邁進。

電車走過埋沒視野的黑暗，不過並沒有帶我到其他世界，而是將我載往現實。

就年紀來說，目前我的人生有一大半都在當學生，所以我認為在夢裡經常以學生視角看待事物是很自然的一件事。今天早上也是。不知為何大家都待在夜晚的學校裡，也不知道是特訓還是留下來補習，總之我被逼著念書。而我當然很痛苦。

我心想好想回家睡覺，接著，我突然發覺就算回家也不會怎麼樣。等回過神來，我已經迅速收拾好書包，離開教室（不知道為什麼是在一樓，而且像體育館那樣寬廣）。我吸著夜晚的寒冷空氣，輕快地奔跑離去。沒有人指責我。這是當然的，因為——

因為，我已經不是學生了。

就在我徹底想起這一點時，鬧鐘正好響起。

隨著意識恢復清醒，現實中的認知也跟著溜進夢裡。

這種感覺有點有趣。就只是這樣。

好想睡。不管睡了多久，睡意還是殘留在腦袋跟眼球深處。不過除此以外的部位沒有殘留疲勞的跡象，所以身體確實有得到休息。我忿恨地俯視把我吵醒的鬧鐘，慢吞吞地起床，然後拖拖拉拉地準備出門。現在跟當學生的時候不一樣，不能一有狀況就乾脆蹺班。夢境說

到底就只是場夢。

準備去學校的妹妹很囂張地要我好好振作，母親也踢我的屁股要我動作快點，這部分倒是從以前就沒有變過。我緩慢地做準備，在洗過臉以後有些清醒過來了。我睜大雙眼所看見的，是鏡子前面一臉無精打采的自己。

真是一點光澤也沒有的臉啊——我摸了摸自己的臉頰。不是因為肌膚乾燥，但給人一種失去潤澤的感覺。這跟在工作地點常見到的那些大人的表情一樣，我心想「原來如此」，撇開視線笑了一下。

我搭公車到車站，再去地下鐵轉搭電車。我在後悔沒找份在自己家附近的工作是不是錯誤的選擇。從以前到現在，我都沒多做思考就決定要做什麼，可到了現在我才終於漸漸看到一些零星的錯誤。人生或許就是如此。

我加入排在地鐵乘車口前的隊伍，忍著呵欠等待電車到來，而我不經意轉頭時，看見了一張熟面孔。是一個女生。不只去上班的時候會看到，說不定她家跟我家很近，我常常看到她。不曉得是因為她披著一頭漆黑頭髮，還是因為她有些駝背又低著頭，她的眼睛附近像是蓋著一層陰暗的薄紗。她身高比我高一點，年紀應該跟我差不多。

我是常看到她，不過我並不認識她。

我擦一擦打呵欠時泛出的眼淚，把頭轉回面向前方。電車就快來了。

來了以後，就會被載往只會令人想趕快回家的一段時間與地點。

電車進站了。我跟那名表情看起來很陰暗的女生走進不同車廂。車廂內有空位，而且我想坐也能坐，但我故意不去坐。要是在搭電車去上班的時候坐下來，很有可能睡過站。真要坐的話，就是回程了。雖然回程會更多人，沒什麼機會找到位子坐。

我抓著座位邊緣的支柱當扶手，開始放空。

感覺太過放鬆，就算站著也會無法保持清醒。

我一邊仰望在各站停靠的電車跟路線圖，一邊思考。

今後我的人生會發生有趣的事情嗎？

會有不是讓我持續走在平地上，而是讓地面掀起一陣波瀾的某種東西出現嗎？

即使主動改用奔跑的，若前往的方向上空無一物，也是沒有意義。

如果這條路上沒有半個能帶來變化的東西存在，那我想一直睡下去。

體會痛苦的時間當然是短一點比較好。

我常被說是無聊的人。別人會假裝是開玩笑，或是用尷尬的語調這麼說。

我沒有異議。因為我自己也覺得每天都過得很無趣。如果是有魅力的人，大概不會覺得眼前的世界無聊吧。不論那個人看見的是人，或是事物。

我對大多事物不抱興趣，只是抱持著彷彿被蓋上蓋子的封閉感在工作地點跟家裡來回，

我已經習慣這樣的生活了。雖然很累，又覺得麻煩，不過不怎麼痛苦。

仔細想想，會不感覺痛苦，是因為這樣的生活從還是學生的時候就一直持續到現在。

我沒有特別親近的朋友，也沒有喜歡的對象。

這種焦躁的感覺就有如渴到極點的喉嚨像有東西貼著似的，沒辦法好好說話那樣。

我想今後也會一直過著那種感覺永遠不會消失，而且令人感到無聊的每一天吧。

只要像這樣做好覺悟，就有辦法接受這種生活。

我結束根本不可能成為精神糧食的工作，走下地鐵的樓梯。

等著搭電車回家時，我會吐出跟嘆氣不同，是類似感到放心的一口氣。

我聽著學生們發現電車到站便連忙跑下樓梯的腳步聲，走進車廂。我微微加快步伐，直直走向找到的空位。我不打算把空位讓給別人。

我大吐一口氣，填補電車裡的空白。

這時。

隔壁的空位也幾乎在同一時間順勢被人占走。

我在坐下的途中往旁邊一看，不禁停下了動作。

早上看到的那名女子正好坐到我旁邊。

她也維持有些前傾的姿勢注視著我。

看來對方好像也有注意到會常常看到我。

我們兩個一同抬起頭。然後有些拘謹地保持彼此間的距離，相互凝視。

在電車開始前進的那一刻，她像是在掩飾害羞似的露出微笑。那柔和的笑容不同於平常充滿睡意的無趣神情，讓我覺得肌膚傳來一股刺癢感。我微幅搖頭示意，轉頭面向前方。

一種會給人搔癢感的東西，正試圖化解我封閉許久的感情。

這究竟是怎麼回事？我莫名在意她的存在，忍不住斜眼觀察她。

對方也一樣在看我。她用那雙又大又柔和的雙眼，疑惑地凝視著我。

我們四目相交，我感覺臉頰漸漸發燙。然後再次轉頭面向前方。

我感覺到堆積身上的灰塵，正慢慢在這股高溫下融化。

為什麼會這樣呢？

明明只是排隊的隊伍近了點，搭上了同個車廂。

明明對方是我甚至不曾聽過她聲音的人。

為什麼會讓我的心靈如此雀躍？

平時總是駝著的背也變得挺直，姿勢變得直挺端正。

我們都知道對方要坐到哪一站。

我們沒有特別聊什麼，只是單純一起坐在相鄰的位子。

一起？要說是「一起」好像也不太對。不過是碰巧遇到罷了。只是偶然。

但是，我認為「與一個人邂逅」應該就是這麼一回事。

我們相遇不是在某人的決定下發生，也不是注定會發生。
彼此原本只是直直前進的人生，不知為何有一瞬間產生了交集。
或許我走的這條路，並不如我想像中的那麼能夠預想今後會發生什麼事。
電車停了下來。再過不久，這段時光就會畫下句點。
所以我在演變成那種結果之前，先對她表示好奇。
「請問……妳叫什麼名字？」

就算錯失在某處邂逅的機會——
我也注定會遇見她。
唯一可能改變我人生的命運，匆忙使這無聊的世界變得煥然一新。

「今天的安達同學」

我作了一個夢。

夢的內容棒到我不記得了。明明不記得，卻知道是個好夢。

真的棒透了。

第一章 「感受著妳的笑容」

啪、啪、啪——明明也沒拍手，卻聽見彷彿拍打臉頰的聲音。沒有拉開窗簾的窗戶另一頭，已經開始看得見光芒了。醒來時的體感彷彿夜晚跟早上之間沒有間隔，感覺不到時間流逝。而且我完全不覺得肩膀與腦袋很沉重。

我原本就不是早上很難醒來的人。但這種清爽感是怎麼回事？

我拉開窗簾。

「……………………」

我屏住呼吸，說不出半句話。

逐漸攀升的太陽照亮了屋頂、林木，以及名為早晨的這段時間。

景色中充滿光芒的輪廓，全看起來很柔和、圓滑。

我是第一次覺得光芒如此強烈，又溫暖。

心態會改變看見的世界。不，所謂的世界就是自己的心靈。

……記得之前看的書上寫著類似這樣的話。

現在的我隱約可以了解這句話的意思。

就算下了床，還是覺得腳部輕飄飄的。感覺現在腳步輕盈得能夠輕快飛跳，卻也不穩得不像是在走路。我感覺不太到踩著地上地毯的觸感。

我就這麼開始在房間裡到處走動。我腦袋放空，想不到自己該做什麼。我不知道自己該先做什麼才好，使得意識散漫起來。我抱著像是因為打掃沒整理的房間而被弄得焦頭爛額一樣的心境，四處徘徊了一段時間。感覺一鬆懈下來，眼前就會變得一片空白。

不久，我跪坐在房間中央，看起辭典。

「交、交、交……」

好像鳥在叫一樣。

交際。人與人之間彼此往來。我翻我翻我翻。

交往。結成情人關係交際往來。我翻我翻我翻！

情人。喜歡的對象。一般用於兩情相悅的關係。

闔上辭典。

闔起辭典的同時，我也躺倒地上。我像是止住了呼吸，變得痛苦起來。

胸口底下——心窩附近揪得很緊。我的手腳彷彿缺氧那樣沉重。我得要吸氣才行——我心裡這麼想，張開嘴巴。吸進的空氣猶如結成一團的氣體，壓迫著喉嚨。喉嚨堵住反讓我變得更加呼吸困難，最後我趴在地上被嗆到了。

痛苦了一輪以後，我摀著胸口，改為仰躺。夏天的氣溫蓋住全身，皮膚變得愈來愈熱。尤其脖子熱得像是滲出血一般，有股高溫慢慢擴散。那股高溫又令心跳漸漸加速，害我覺得想吐跟頭痛。不過這沒有產生太多負面情緒，甚至有些清爽。

眾多身體上的狀況一起讓我的情緒激昂起來。

我感覺意識出現頭暈般的晃蕩，這才終於恢復了少許理智。

還是稍微冷靜一下吧。

我為什麼會激動成這樣啊？明明睡覺的時候沒有流汗，卻在不知不覺之間流了滿身大汗。我用手指梳著黏在一起的溫熱頭髮，開始深呼吸。

我決定盡可能冷靜地回顧至今發生的事情。

現在是早上……是早上。然後昨天是晚上……這是在確認什麼啊？我已經不算冷靜了，應該說我無法保持平靜。我抓了抓頭。總之，昨天跟島村去了夏日祭典……呃……然後，現在是隔天。離那段夜晚才過了十小時左右。但是那段記憶已經猶如望著遙遠的煙火，感覺有段距離了。

記憶中的一些細節已經記得不是很清楚，甚至會不安地懷疑那是不是一場夢。

老實說，從祭典會場回來的路程我就不怎麼有印象。聽到島村回覆以後的記憶很朦朧。只有自己會開心的部分記得特別清楚，那就更像是一場夢了。印象中似乎是島村牽著我的手回家。

總記得也有跟島村聊了什麼，可是我想不起來自己是怎麼回應她的。竟然會不記得跟島村聊天的內容，看來昨天晚上的我狀況好像很真的很嚴重。

沒錯，事態發展就是震撼到會讓我變那樣。

我跟島村說我喜歡她。
然後，島村問我有什麼期待。
之後我們又談了一陣子，就演變成要交往了。
啪、啪、啪！我拍打自己的臉頰。我實在沒辦法靜靜坐著。腳趾頭正頻繁亂動，感覺我的腳隨時都會擅自往前跑起來。要是這種時候還能保持鎮定，那我大概是瘋了。我是這麼覺得。我錯亂到眼前景象不斷打轉。
所謂「交往」應該……不，肯定就是種特別的關係。這是最讓我高興的一件事。
彼此的地位都無法被他人取代。一種絕對性的關係。交往就是這種關係……大概吧。
真是這樣嗎？
我腦袋裡立刻浮現這個疑問。總覺得隱約有點不安。
我現在依然有種彷彿徘徊在幻象裡的感覺。
就好像陶醉在夏日祭典的光采之中，然後一直抱持著那種心情到現在一樣。
那樣的夜晚的隔天，太陽一如往常地升起，意識也徹底清醒過來。
怎麼辦？怎麼辦？怎麼辦？是我的話，我會怎麼做？
我自問自答，頭也歪向一邊。喀喀喀——我聽見脖子裡傳出骨頭顫抖的聲音。
遇到問題，就一個個解決。這麼理所當然的道理，我花了好幾分鐘才想到。
總之，先來弄清楚那不是一場夢。

我拿起手機，在沒登錄幾個聯絡人的電話簿裡找到島村。
光是看著這個名字，就冒出了大量手汗。
緊張跟激動的情緒同時降臨，並彼此對抗，弄得我肩膀跟胃好痛。
如果等到這些症狀治好再行動，我的人生或許多少可以少丟臉幾次。
當然，我不可能有辦法等那麼久。
我撥打電話。
經過一小段時間，島村才接起電話。
『……嗯妳好……』
她的反應像細小紙屑相互摩擦一樣微小。
是島村的聲音——我意識到這一點，背挺直到都抽筋了。
但不知道是不是我沒有自信的心態顯現在姿勢上，挺直的背又開始虛弱無力，到頭來還是變成駝背。
「那個，呃……早安。」
只是講出這句話，喉嚨就快被撐破了。
『喔，是安達啊……有事嗎？』
她的語調依然愣愣的。島村早上總是很難起床，我抬頭看向時鐘，發現才剛到早上六點。
這是一般人大多起不來的時間。我焦急地想自己不小心沒多想什麼就打電話過去了。

背部又猛然變得滿是汗水。

「抱歉，那個……妳在睡覺……對吧？」

『嗯……嗯～』

反應好微弱。微弱到要是繼續保持沉默，可能會在十幾秒後發現她睡著了。

「我找其他時間再打給妳……比較好？對吧？」

『啊～沒關係……那，什麼事？』

電話另一頭的島村感覺跟以往沒有兩樣。

而我也像往常那樣有些焦急，亂了步調……咦？

這樣的話，我們其實都跟平常一樣嘛。

一察覺這點，就稍微平靜下來了。我只要像平時那樣有些手忙腳亂地跟她說話就好。

……我事不關己似的覺得虧自己有辦法一直以來都在做那種事。

「那……那個啊……」

『嗯。』

我很想問昨天回程路上是什麼狀況，跟我有沒有哪裡不對勁，或是說到底我真的還有意識嗎？等堆積如山的問題，不過我想想這些疑問統合起來會是指向什麼主題後，就先確定最重要的一件事。

我握緊手機，吞了吞口水。如果那是場夢，可不是丟臉丟到家那麼簡單。

真的是夢，這個疑問就會成為一輩子的傷痕。

我像是跨出一大步，試圖飛越彷彿懸崖的疑問般，說：

「我們……在……在交……往，對……吧？」

我在途中講到破音了。而且還接著開始不斷打嗝，嚇得我不知所措。

這也是種會丟臉丟一輩子的狀況。

『這個嘛……好像是呢。』

妳為什麼講得好像事不關己一樣呢，島村。我不禁擺動雙腳，敲擊地面。

「昨……昨天……昨天……」

『嗯，妳要聊昨天的事情是吧。』

島村的語調很輕鬆。有如把汽球拍上空中那麼輕。

但是，那不是場夢。

昨天發生的一切，都銜接到了今天。

我頻頻低下頭，感謝這確確實實的邁進與進展。

「還……還請妳多多指教。」

『喔，我才要這麼說呢。』

我聽到島村的頭髮上下粗魯擺動的沙沙聲響。

怎麼說……她剛醒來還迷迷糊糊的，會這樣或許也是無可奈何，可是應該要再更……更

有魄力一點啊，更有魄力一點……不不不。自己想要什麼，就只有付諸行動。

「我……我最喜歡……妳了，那個……」

我想不到半點好聽的開場白，只是單純說出這段話。

這種時候，就會深刻體會到自己對這種事情擁有的經驗值實在低到不行。

雖然這是以往的自己造成的結果，所以也不能怪罪在別人身上。

『哎呀～那還真是謝謝妳了～』

島村鬆懈的語調讓我連耳朵都開始熱起來了。之後，我們的對話忽然就此中斷。

我不知道應該繼續說什麼才好。

就跟平常一樣。

一股悶熱正與沉默一同催促我們。

「呃，那……」

『嗯。』

「那……那個……晚……安？」

在早上講這種話也是挺奇怪的。

『晚安。』

我感覺到島村的嘴離開了手機。

我們之間的關係明明變了，講電話時的對話卻完全沒有改變。

是不是一般就算關係發生變化，也是這樣呢？我沒什麼實感。

突然。

離手機遠去的氣息，又回到我的耳際。

『我也喜歡妳喲。』

「…………
…………
…………」

電話掛斷了。

「…………
…………
…………咦？」

咦？

「…………」

臉上彷彿被雨淋到，開始冒出發燙的水珠。

我人像是牽繫著靈魂的線鬆開了，尤其胸口附近更是化成空洞。

整個人空蕩蕩的。

只有脖子附近塞滿了很多東西，很難受。

那種感覺漸漸滲透全身。

我大力跳了一下。我的手肘跟膝蓋拄在地上，變成四肢著地的姿勢。刻意去想，就會冒出一股會害我臉部發燙，還會抱頭在地上打滾的羞恥心，所以我無法好好思考。我簡直像吞下了不知名的毒藥。我手指壓著眼睛上面跟下面，努力忍耐。呃呃呃呃，現在……呃哇……哇哇……呃哇哇哇。

沒多久就到極限了。

「啊啊噠哇！啊～噠哇！噠！啊噠噠噠噠噠噠！」

我頻繁揮舞跟甩動手腳。

像一隻被擊落的小鳥那樣，不斷掙扎。

八月半的一個連蟬聲都稍微遠去的夏天早晨。

比蟬更吵鬧的生物獨自吼叫。

那正是一段如夢般甘甜朦朧的生活的開始。

我抱頭苦惱這是不是又是一場夢。老是遇上順心如意的事情，實在很令人不安。我以為

現實不會有那種好事發生。我本來認為現實是種很折騰人，又不溫柔的東西。

不過我或許有些誤會了。

現實不是不溫柔，而是對我們不感興趣。

何謂現實？

現實即是環繞著我們的事物。

環境、空氣、人際關係、外星球、宇宙的盡頭。

原來如此。這些全跟單單一個人類個體沒有多少關係。

所以，現實不會對我們感興趣。既不會刻意為難，也不會刻意出手幫助。唯有世上發生的事情代表了一切。就算骰子一直骰出六，又或是一直骰出一，也不會是有人看著這種景象動手腳。

不管連續發生多少好事，也不需要感到不安。

雖然反過來說，也表示不保證不會連續發生很多倒楣事。

「可是……」

我抱膝坐著，不斷扭動。光理解哲學方面的道理，也無法除掉任何出現在眼前的小小不安。中午再打電話問一次看看好了。問她是不是有說……喜……喜歡我。我拍打起自己的額頭跟頭髮。為什麼羞恥到了極點，就會想攻擊自己啊？

不過我該說自己是不俐落，或是不乾脆，還是說像受潮的海苔呢？跟島村說話的時候，講話就不能再清楚明白一點嗎？明明以前就辦得到，現在為什麼不行？我用雙腿遮住眼睛，覺得疑惑。隨著年齡增長，辦不到的事情也愈來愈多。有人說過這種年齡成長的結果是失敗的。

不過，我也不是從小就特別擅長做什麼事。

「……………………」

我嘆了口氣。

我大概是拚了命地想讓島村對我有好感吧。

所以才會每一字每一句都先想好再講出口。以前沒有想那麼多，講話就有辦法很順暢。我甚至覺得那樣還比較能跟島村溝通。

試著不要想太多，直接跟她講話就好了嗎？

腦袋放空，隨隨便便地應答。

怎麼可能辦得到。如果是別人就算了，我無法對島村擺出隨便的態度。

與人交流，真的是件很困難的事。

若存在著期待，就更難了。

我用臉頰蹭向大腿，頭歪向一邊開始發呆。我知道自己在達成宏願後，還沒有徹底掌握所依靠的這份夢想究竟有多大。等開始對現實抱有實感以後，我大概會像早上很有精神的雞一樣到處亂跑……就不能多少鎮靜一點嗎？

要是我能維持以前的態度，我跟島村之間的關係又會有所不同嗎？

應該說會比現在更乾脆……還是該說變得順暢呢？

我忍不住思考起這些。

明明是自己的事情，卻很多無從改善的地方。

但這說不定意外的就是所謂的「有人味」。

「……唉。」

歪著頭，就很不可思議地想聽聽島村的聲音。

或許是因為感覺到耳朵靠近去聽就能聽見的自身心跳，正在表示寂寞。

打電話給她吧——我伸手想拿手機。啊，不過，其實也不用打電話，直接去見她就好了。

直接到島村家，過去見她。

「……不，嗯。」

還是不要馬上找她吧。

不知道現在過去，又會出什麼糗。我不想害她對我幻滅。

再稍微等一下，先好好冷靜。之後再過去見她。

而且要等暑假結束以後，到學校再見她都還可以。

我應該需要一段偏長的時間來做好跟她面對面說話的心理準備。

可是只聽聽聲音應該沒問題——我伸出去的手抓住了手機。

再把事情一件件弄清楚吧。
這次電話立刻就接通了。
「啊，島村……」
『早～』
她的聲音比剛起床時清晰，已經完全恢復成平時的島村了。
一聽到她的聲音，我就想起她在上一通電話裡的最後一句話，臉頰開始發癢。
「嗯，早安……妳醒了嗎？」
『妳以為現在都幾點了？』
我聽到另一頭傳來島村的笑聲。看向時鐘，現在是早上剛過十點不久。
呃，這可難說呢——我疑惑地心想。假日的話，島村到這個時間都還在睡也不奇怪。
『那，妳有什麼事嗎？』
「呃……」
我決定略過「妳作業寫好了嗎？」這種像開場白的閒聊，直接面對正題。
因為講得愈久，就愈容易出差錯。
「剛才，那個……」
心臟彷彿衝上了喉嚨，不斷大力跳動。
「說喜……說喜歡……」

『啊～嗯。雖然之前也聽妳說過了，不過謝謝妳。』

「啊，不是，不是。」

『原來妳沒有喜歡我？我好傷心。』

「咦，不……不是不是不是。不是那樣，是島村妳……」

『我？』

「妳有說……喜歡我，對……吧？」

明明是島村說的，卻變得好像是我主動對她告白一樣。

我抱緊雙腿，縮起身體，忍耐著焚燒肌膚的羞恥感。

『……？我有說過嗎？』

「咦……」

妳……妳又在開玩笑了～

我本來打算這樣調侃她。

因為我一開始以為她是想掩飾害臊。可是聽她中間不講話的那段空白，我才察覺她真的不記得。

「……………………………………」

那句「妳又在開玩笑了～」，就這麼沉入黑暗的洞穴深處。

『嗯……咦，安達……妳該不會生氣了吧？』

「唔……」

我吞了口口水。

「沒有，沒有……我沒生氣。」

『啊～聽起來是真的在生氣。抱歉，老實說我不記得了。』

我都開口否認了，卻還是被她看透。要說我在生氣也不對，不過我的內心確實快要吹起一陣亂流。島村大概是嫌詳細形容這種心情上的微妙變化很麻煩，才當作是在生氣吧。她判斷我的情緒近似憤怒。

從島村能夠瞬間做出這種判斷來看，她應該累積了很多人際交流方面的經驗，讓我感覺到自己跟她之間的差距。如果是我，我應該會先白忙一場，到最後還是什麼都說不出口。

「雖然我是……真的沒在生氣……」

『……雖然？』

她也馬上就察覺我這段話還有後續。島村意外挺了解我的，我有些高興。表情都開朗起來了。但我也不能只顧著自己開心。

「那，我希望妳可以現在……再對我說一次。」

我提出貪心的要求。既然不記得，重新來過就好。

……雖然也有很多事情不能重新來過。

但經過的時間還沒有久到無法挽回。

『咦……呃，這下可真有點傷腦筋了啊。』

手機另一頭的聲音有如島村轉過了頭般，改從別的方向傳來。

『不只會有點難為情，是會難為情到極點耶。』

「加……加油！」

『這是需要有人幫忙加油打氣的事情嗎……』

我滿心期待，不知不覺就改成跪坐姿勢。

我說不定是第一次聽到有人說喜歡我。

就算是父母，我也沒印象他們有直接對我說過。

所以我可能因為刺激太過強烈了，就變成彷彿被射中的鳥。

雖然對象是島村的話，要我被她射穿幾次都沒關係。

我刻意緩緩吐氣，抑制感覺一鬆懈就會讓呼吸變得急促的這份焦躁。

不久，連吐氣的動作都停了下來。

『我喜歡妳喲，安達。』

跟剛才一樣帶有一陣溫暖的聲音包覆我的耳朵。

假如我是熱水器，我的耳朵應該已經冒出水蒸氣了吧。

不對，就算不是熱水器，也感覺會冒出水蒸氣。

可是既然會有水蒸氣，那就表示其實我是熱水器嗎？

我搞不懂是怎麼回事了。

我只知道有種體內隨時會融化的感覺。

『我一定喜歡妳喜歡到會下意識講出來，愛死妳了。大概。』

「妳……妳喜歡我哪一點？」

『咦？』

「妳喜歡我哪一點？」

我想作為參考，就開口問問看。隨後，我就感覺到島村不知道該說什麼。

『嗯……應該就是不會問這種事情的這一點吧！』

島村開玩笑地加上一句「啊哈～」。

我稍做思考。

腦袋裡的問號揮之不去。

「我有點……不懂妳說的意思。」

『啊～果然會覺得莫名其妙？看來是沒辦法敷衍了事啊……』

我很在意她說的「敷衍了事」，繼續追問。

「妳沒有特別喜歡我哪一點嗎？」

『不，有啊，有啊，有啊……可是突然這樣一問，就意外的想不到有什麼。』

「是……是嗎？」

要是問到喜歡巧克力的哪一點，就能立刻回答喜歡巧克力的甜味——

島村沒有喜歡哪個差不多這麼單純的特質嗎？

那，島村究竟對我抱持著怎麼樣的喜歡？

『安達妳有辦法說出我的優點嗎？』

「嗯。可以說出很多個。」

我有自信想到的優點可以多到寫滿一整本筆記本。應該說，我也真的有寫。

『唔，這回答還真叫人意外。』

「這……這一點……也不意外。」

光是看到島村一下，跟她說一下話，稍微夢到她在夢裡跟自己接吻——

就夠說出多到數不清的優點了。

『……真的會有很多嗎？』

「有。有很多優點。」

比起自己，我更能清楚斷定跟島村有關的事情。

因為我雖然不太知道我喜不喜歡自己，但我確實喜歡島村。

『這樣啊。嗯，這是好事。』

島村表示深刻理解，肯定我的話。

『我覺得有人可以告訴我一些我自己沒辦法察覺的部分，是非常好的事情。』

島村的話語聽來像是有什麼特別的想法。

不過她的思維似乎跟我有少許差距。

這一點實在令人心急。

『待在妳身邊的話，妳會告訴我更多我的優點嗎？』

即使如此，島村依然想陪在我身邊。

我感覺到她這份心意，內心無比沸騰。

「我……我會努力的！」

我抱持強烈決心接下這份職責。也握緊拳頭，表示會永遠陪伴著她。

『嘿嘿~那，我會好好期待的。』

「啊……嗯！」

我不能違背島村的期待。

乾脆就毫不客氣地好好告訴她有哪些優點。

掛斷電話後，我有好一段時間腦袋都輕飄飄的。

那種飄忽不定的感覺猶如不安那樣浮上心頭，卻又擁有包容力。

……咦？

我現在才發現，喜歡我哪一點的問題是不是被她含糊帶過了？

但我也沒有生氣，反倒佩服島村的口才很好。

一陣「嘿嘿嘿，嘿嘿」的聲音傳進耳裡。

我察覺那是某人的笑聲。

環視房間以後，我才慢半拍地理解到是我自己在笑。

聽到自己怪詭異的笑聲，我又笑得更厲害了。

我抱著雙腿，坐在某個房間一角。我無法明確指出那是什麼地方，又是什麼時間。

因為我大多時候都是那樣。

我從小就不擅長跟人打交道。明明我跟其他身邊的孩子們都一樣還沒學習到多少事情，社交能力卻有很大差距。為什麼會這樣呢？難道我的靈魂資質天生就跟他們有所差異嗎？說到底，人類體內真的有靈魂嗎？

若真的有，又是從何而來？

假設是父母遺傳下來的，那能夠把各種問題都推託是父母的錯嗎？

實際上當然不可能把錯推給父母。

活動自己手臂的人是自己，為自己有多惹人憐愛下定論的也是自己。

我沒有做出任何行動。

我僅僅是待在昏暗的地方，靜靜坐著。

我選擇這種做法一路走來，而現在，我像是要離開那座昏暗的地窖一般，離開家門。
離家後要前往的目的地，是太陽仍然又高又遠的天空底下。
九月一日，新學期即將開始。
一年前的我連開學典禮都沒參加，只是度過一段怠惰的時光。那時的我沒有上課，步調落後同年級的同學。不過我不後悔那麼做，也不認為那樣沒有好處。
因為就是這份隨性，讓我遇上了島村。
光是這麼想，我的世界就降下一道曙光。
對我來說，九月就等同於新年。
今天開始，又是新的一次跟島村一起度過的一年。
我牽出腳踏車，騎往跟學校完全不同的方向。
我感受著島村那副現在尚未出現在我眼前的笑容——
碰觸比還沒完全攀上天空的太陽更快散發光輝，也更耀眼的事物。

「如果安達貫徹最初的風格」

安達一如往常地待在體育館二樓。而我前往那裡，或許也能說是一如往常。現在氣溫沒那麼炎熱，太陽也變得較低，季節開始從夏天轉變為秋天。

也已經不再聽見蟬聲了。

「啊。」

一臉無趣地玩著手機的安達聽到我的腳步聲，就抬起頭來。

「嗨。」

安達微微舉起手，打聲簡短的招呼。我也用一樣的做法回應她。我把書包放上桌球桌，然後坐到安達旁邊。旁邊……不對，隔壁？嗯，是隔壁。這樣講比較到味。我獨自得出結論後，就把在來這裡的路上買的礦泉水瓶蓋轉開，喝了一口。

「啊，真好。給我喝。」

我把寶特瓶放上安達伸出的手掌上。接過瓶子的安達一邊道謝，一邊大口喝下礦泉水。就算是我買的，她拿著瓶子的角度也是挺不客氣。雖然是無所謂啦。我就這麼看著安達。

透明的水、容器，以及安達。

樸素的髮色，還有纖細的喉嚨。

與其說是長得漂亮，應該說我深深覺得她「很體面」。

今天是平日，而現在是上課時間。我們理所當然似的待在這裡。

我是偶爾會去上課，不過安達完全不會出現在課堂上。安達比我還要更筆直地走在不良少女之路上。這當然不是值得誇獎的事情。

安達沒有跟我在一起的時候，究竟都在哪裡做些什麼呢？

就算問了，她也只給我「就隨便晃晃」這種不清不楚的答案，所以我很在意。

「謝了。」

雖然剛才也道過謝，但她又說了一次。我把她還我的寶特瓶拿在手掌上滾，摸了摸瓶子表面。安達手掌的溫度還微微殘留在表面上。比我更低的體溫立刻與寶特瓶的溫度同化，消失無蹤。接著，我隔著寶特瓶凝視起體育館的牆壁。

「…………」

透過瓶子看去，並沒有那麼清楚和透明。

我看見的景象，就跟用自己的雙眼觀看事物一樣混濁。

我把手放下，斜眼看向安達。安達正在發呆。她不是面無表情，也不是鬆懈下來，而是對周遭環境的漠不關心直接化作了表情。一直到我跟安達說話以前，她都是這種表情。

我發現自己經常觀察安達到足以看出這一點。

不知為何一想到這裡，手掌就有股高溫漸漸擴散開來。

「我問妳喔。」

我一跟安達說話，她就轉頭看我。我常常覺得她柔順的瀏海很漂亮。

「妳自己一個人的時候都在做什麼？」

雖然之前問過，不過我又問了一次看看。安達跟之前一樣擺出有些傷腦筋的神情。

「嗯……應該就隨便做些什麼。」

安達些微歪起頭，含含糊糊地回答。看來她沒有做半點值得一提的事情。

這樣啊。

既然沒辦法聊，就叫她實踐一下吧。

「安達，妳現在就開始自己到處閒晃看看吧。」

「咦？」

「我會跟在妳後面。」

安達大吃一驚。接著，她眼神游移，用一副不懂我在說什麼的模樣看著我。

「那是要幹嘛？」

「觀察妳都在做些什麼。」

WATCHING！我用手比出圓圈，弄成望遠鏡。

安達看我這樣就停下了動作，往望遠鏡裡面看過來。

我們相視了一段時間。還比著望遠鏡就這樣互看，有些難為情。

「也就是說要假裝妳不在……但是妳就在附近？」

「沒錯沒錯。」

「咦，那會不會太難了？」

「嗯～這個嘛～是啊。」

我輕拍安達的肩膀。

「妳加油。」

「咦……」

安達瞇細雙眼。雖然她一副覺得很麻煩的模樣，但我懷著期待等她那麼做，她就很不得已似的拿起書包起身。就是要這樣才對嘛——我開心地跟著她走去。

我們一起離開了體育館。我們沿著牆壁繞著走，一邊注意不要被老師發現，一邊前往正門。到了已經沒有建築物的影子可以躲，便走進太陽底下的時候，我抬頭仰望上空。

「哇……」

一陣吹動白雲的蔚藍氣流，與耳鳴一同來臨。

那是片很美麗的藍天。

自從看過某部漫畫以後，我就常暗自在心裡這麼說。

這種日子我會想抬頭看著天上走路，可是今天得要看著安達才行。我跟她保持距離，雙

眼直盯著她走動的背影。
她有點駝背呢。走路方式也比平常保守，怎麼說，好像一小步一小步慢慢走的感覺。不像不良少女。但是她好像很習慣在平日的白天到校外走走。
安達轉過頭來。我「嗨～」地跟她揮了揮手。她也輕輕揮手回應我。接著又轉頭向前。她有氣無力地走著。話說回來，安達不是騎腳踏車上學嗎？
安達不時會轉過頭來，而她每次這麼做，我們就會四目相交。她沒有徹底把我當作不存在。看來要假裝我不在滿困難的。就在我們重複這種狀況好幾次以後，安達停下了腳步。
她先等我跟上她，才開口投降。
「啊……我辦不到。」
「咦～」
安達揮揮手，示意自己的身旁。
「不過，要不要一起走？」
邀我一起走的安達眼神往旁邊游移，但為什麼同時也隱約有種可愛的感覺呢？
我稍做思考，仰望天空。
我做出結論，決定怎麼做比較好。
「就這麼辦吧。」
觀察就到此結束——我大步走到她旁邊。然後就這樣跟安達一起在白天的鎮上散步。

好，該去哪裡呢？

我內心一陣雀躍，就好像一直踩著行人穿越道的白線前進。

「怎麼說……滿無聊的。」

「咦？」

安達依然望著前方。

「我覺得自己一個人走在路上放空，還挺無聊的。」

安達的解釋跟我從她的表情中看見的情緒一模一樣。我慢了幾拍才發現，這也表達了安達獨自一人的時候的心情。她似乎是想辦法擠出了一些話來跟我說。

「就只是這樣。」

這樣就夠了嗎？安達的眼神這麼詢問。

夠了——我表示已經可以了。

我覺得自己的態度高高在上，卻也有些高興。

「這樣啊。」

因為安達很難得像從冰塊的隙縫間流出水那樣，吐露心聲。

這股溫度變化雖然讓人不禁微微發抖，但我還是正面承受改變，然後——

有了跟她一起向前邁進的動力。

「…………」

兩個人一起走就不無聊嗎？

安達表情平淡的側臉，一直不肯讓我察覺她的心思。

所以，我打算過一陣子直接問她。

而隔天。

我們依然待在體育館二樓。

這是個舒適的地方。會感覺心靈漸漸沒入某種柔軟的物體當中。

我突然想到的「聖域」這個詞聽來實在太小題大作，使我獨自笑了出來。

「今天的島村同學」

我作了一個夢。

是坐在變龐大的社妹頭上，飄在夜空中漫步的夢。

很開心。

我知道自己開心到彎起了嘴角。不過要是現實中真的飛那麼高，我可能會擔心得沒辦法那麼悠哉，所以夢境還是一場夢就好了。

第二章

「僅需要片刻的安寧」

今天是暑假結束，一種猶如倦怠的憂鬱會湧上心頭的開學典禮當天早上。

即使被悶熱環境熱醒，我仍然死不認輸地躺在被褥上。從今天開始，就得要按時起床，然後快速準備好出門上學，避免遲到。因為沉溺在暑假之中，連脊椎都變軟趴趴的我根本辦不到。在一如汗水滲出的睡意跟懶散的心靈侵蝕之下，我感覺眼睛底下很沉重。閉上的眼皮緊貼著雙眼，彷彿被吸往眼睛深處。

現在也已經完全聽不到蟬聲了呢——我感覺到背部所面對的窗外，是那樣的世界。夏天正逐漸離去。人必須將無法回溯的時光轉化為回憶，邁入下一個季節。

人無法停留在過去，也無法停留在當下。

只能在同一個地點感受季節的轉移。

也就是說，要是我繼續睡下去……怎麼說，是不是很多事情就能在我睡一覺的時候過去了？

感覺行得通。

大概沒問題。

……呼咕。

「給我起來！」

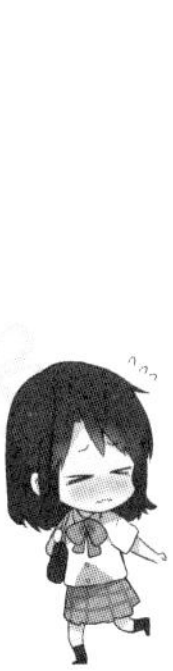

我突然被踢屁股了。我試圖抓著被子滾開，逃離干擾，結果就有一雙腳伴隨著「我踢我踢～」的聲音追過來。踢女兒的屁股就那麼好玩嗎？我被逼到牆邊，這才不得已爬起來。母親露出她健康的牙齒，燦爛地笑著。

往旁邊一看，就發現連平常很早起的妹妹都還縮在被窩裡面。

「早啊。」

「……現在幾點？」

我感覺內臟在哀號，好比生理時鐘被嚇了一大跳。我明顯沒有睡飽。

母親不回答我的問題，而是把雙眼瞇細成一條線，笑說：

「妳的朋友在外面等喲。」

「啊？誰啊？」

我晃著還沒睡醒的腦袋問她，她也沒有告訴我，馬上離開了房間。

朋友……來我家……應該是安達或樽見。然後，今天是開學典禮。看來是安達。

如果其實來的是永藤之類的就好笑了。

母親說是在外面等，於是我打開窗簾偷看外頭。「喔～」果然看到安達了。她動也不動地挺直站在我家門前。她的額頭似乎也早早就開始流出汗水，在朝陽照射下閃閃發光。不過她為什麼肩膀用力到都呈九十度了呢？不曉得維持像磚塊一樣僵硬體態的安達是不是為了維持姿勢而喘不過氣，臉頰跟脖子都變得泛紅。

「唔~是在等我？」

我想也是啦。我離開窗邊，準備從走廊前往玄關。她的姿勢挺稀奇的，我是很想再看一下，不過維持那個姿勢好像很辛苦，還是早點叫她一聲比較好吧。我決定出去找她。

我沒換衣服，也沒整理翹髮，就這麼走出房間。話說回來，好久沒看到安達了。雖然有講過電話，可是上一次見面是夏日祭典的時候。畢竟是安達，我本來以為她大概會馬上來我家，但她或許也需要好好思考一番，或是整理思緒。也可能不需要。

不過那天晚上還真是不得了啊。那晚真的很熱。

總之，那時候的安達是半恍神狀態，要帶她回家都得費一番工夫。

我當時還不禁想著「如果能等回到家門前再告白就好了」這種不識趣的事情。

感覺我好像就是這種地方很不像話。

我循序想起那天發生的事，到了最後才有些害臊。

「好害臊……」

我是第一次交到女朋友……這好像也是理所當然。一般很難找到交往對象。不對，會不會其實大家只是瞞著不說，實際上還挺稀鬆平常的？比如說，像是日野跟永藤。她們感情很好呢，挺可疑的……嗯，算了，不重要。更重要的問題是，我該用什麼態度面對安達？

關係從朋友變成女朋友之後，會有什麼變化？

我該做什麼改變？

被安達告白的時候，我想說給明天的自己去煩惱，就接受了當下。

而昨天的我拋在一旁的問題，則在現在來臨。

因為已經是明天的我了。

「哆〇A夢救救我……」

我的暑假作業還留著最後的一個重大課題。

普遍來說，女生交不到女朋友。我想大概一般是這樣啦。

可是那跟安達認為的「一般」不一樣。

而恐怕在我容許這種關係存在時——

也已經跟我認為的「一般」不一樣了。

「好害臊好害臊。」

在走廊上走路的短暫時間內，剛睡醒的腦袋不可能想到什麼好主意。

到頭來，我還是覺得就照平常那樣就好，就這麼打開玄關門。

「早～」

我一打招呼，安達就維持著磚塊形態，害怕得發起抖來。接著，我們對上了眼。她的肩膀雖然僵直不動，眼神卻四處飄移。她穿著制服，應該是要跟我一起上學，才來找我的吧。

安達今年似乎不打算窩在體育館二樓。

沒有多做整理的頭髮顏色變了，又有一同上學的夥伴。

在沒什麼不同的每一天中出現的一些不會引人留意的小變化不斷累積，最終演變成現在的結果。

高中二年級暑假結束後的新學期。跟去年相同的，就只有炎熱的天氣。

安達保持著肩膀的僵硬角度走來。不知道是不是膝蓋關節也硬得很難活動，看起來幾乎是用跳的在移動。

「唔～」

安達完全呈現超級彈力球的狀態。彈來彈去的。有點好玩。

看到這樣的安達，就是會忍不住用笑容迎接她。

安達一跳，然後在我眼前著地。雖然感覺很平凡，卻是意外嶄新的登場方式。

還沒說出半句話的安達，眼睛跟下嘴唇已經開始在顫抖了。這部分是老樣子了。安達也是一如往常呢——正當我對眼前景象感到溫馨的時候，安達突然動了起來。

「請……請多指教！」

安達深深低下頭。

她硬是彎起僵硬的身軀，總覺得好像能聽見身體各處傳出骨頭凹折的聲音。

怎麼了？突然這麼鄭重。我稍微想了一下——

「啊～對喔。」

我們正在交往。有種好像今天才開始交往的感覺。

一想起在交往這件事，連我也開始有些難為情了。
「不，我才要請妳多多指教……」
我頻頻低頭回應。畢竟我今後會給她添的困擾，應該會比我給她添的還多。
因為我還不是很了解我們之間的這層關係。
我想起自己曾事先說過就算害她受傷也別怨我。現在想想，那句話或許該在今天的這一刻說出口才對。
「不過啊，妳來的真早呢。」
安達的上半身迅速彈起。
「我……我想說一起去學校！就……」
「喔～！」
在這種時間來找我去學校，看來是想把我轉型成好學生呢。
「因……因為那個，畢竟妳是我的女……女……女朋友……嘛。」
看得出安達緊張到不只是舌頭，連牙齒都在發抖。
「嗯？嗯。」
哪一邊是女朋友？兩邊都是女朋友。總覺得弄得有些複雜。
「對……對吧？」
安達往我走近一步，開口確認。感覺她好像會直接來牽起我的手。

她抬起下巴，鼻子跟我靠得很近。

記得她也在電話裡問過。她很不放心嗎？仔細想想那天晚上的狀況，恍神狀態的安達確實有可能什麼都不記得了。就算她誤會是一場夢，也不奇怪。

……所以——

「對。」

雖然有些令人害臊，我還是牽起了安達的手。我跟她手指交扣，握住她的掌心。安達肩膀抖了一下，睜大雙眼，表情就這麼僵住。我緩緩舉起牽著她的手，讓愣住的安達也能清楚看見。

「妳喜歡我，我也喜歡妳。就是這樣。」

很簡單對吧？

被嚇到的安達漸漸垂下頭。然後像是枯萎了一般彎起背脊。

似乎是她僵硬到極點的身體開始放鬆下來了。她的臉頰跟脖子也隨之染得通紅。

「……嗯。」

以安達來說，這反應挺鎮定的……甚至會覺得好像少了些什麼。

我在牽起她的手一陣子之後聽到身後傳來腳步聲，立刻把手放開。

「嗨～」

母親不知道為什麼也到外面來了。我揮手要她走開，她卻撥走我的手。

而且還抓住我的頭，把我壓著。

「安達妹妹妳來得挺早的，有先吃過早餐嗎？」

被朋友的母親搭話，讓安達的行為舉止變得有點可疑。不對，其實可能是我害的。

「啊，沒有，我平常都沒吃早餐……」

「哎呀，那正好。妳就在我們家吃過早餐再走吧。」

「咦！」

母親抓起安達的手臂，把她拉進家裡。根本不給人拒絕的餘地。

「妳也快點來。」

她對我招手。好好好——我隨便應一聲，嘆了口氣。

準備關門之前，我轉頭往外一看。

「現在才這時間，明明就不用那麼趕啊。」

大家都是急性子。

我跟著母親和安達前往廚房。我妹還在睡，所以不在廚房，不過社妹已經理所當然似的在座位上吃起大疊高麗菜了。旁邊還擺著味噌沾醬。

「這頓早餐真美味呢。」

「真的嗎？」

隨心所欲跑到別人家裡吃的一頓早餐，或許是很好吃沒錯啦。

「哎呀，是島村小姐，還有安達小姐。」

即使吃到下巴不斷上上下下，社妹的聲音還是很清晰。她簡直就像不是透過嘴巴說話一樣，怪詭異的，但她是個全身上下沒有哪個地方不詭異的傢伙，所以我不是很在意。我說聲「早」，坐到她旁邊的椅子上，隨後她就問我要不要吃高麗菜。

「要吃嗎？」

「不了。」

我回絕後，她又獨自享用起高麗菜。平常在這之後她也會一起吃早餐……難道她不像老鼠一樣一整天都在吃東西，就靜不下心嗎？頭部是水藍色的老鼠挺稀奇的。不過，到底是經過怎麼樣的交流，我母親才會拿高麗菜絲給她吃呢？雖然她們兩個都是胸襟寬大的人，但真是令人匪夷所思。

安達用她游移的眼神尋找自己該坐哪裡，於是我說著「妳就坐那邊吧」，指向給父親坐的椅子。父親好像已經去上班了。我們家的人果然除了我以外，都能好好在早上起床。

明明我也有注意要早點睡，到底是哪部分造成了這種差異？

安達眼睛看著我，緩緩坐下。她屁股輕輕坐上椅子前端，舉動看起來有點可疑。不過這裡沒半個人會在意那種可疑的感覺。

「今天從一大早就很熱鬧呢。」

「哎呀～就是說啊，哈哈哈。」

母親隨意附和社妹開心的感想。也順便把盤子放到我們面前。

「今天很快就放學了，吃麵包就好了吧？」

「嗯。」

「安達妹妹想抹奶油還是果醬？」

母親把從冰箱拿出的奶油跟果醬給安達看，問她要哪一個。安達的眼睛在草莓果醬跟奶油之間反覆來回。

「啊，都……呃，那就果醬。」

差點說出「都不要」的安達顧慮到母親的好意，又改過回答。其實不用顧慮她也沒關係啊。

母親把從袋子裡拿出來的麵包放上安達的盤子。之後，也把果醬的瓶子放在一旁。

「來，請用。」

「謝謝……您。」

安達稍稍壓低視線，開口道謝。她桌子底下的雙腳不安分地晃動著。雖然對象是我的母親，不過看得出來她不習慣面對母親。安達用彷彿萎縮了的僵硬動作，抹了真的只有薄薄一層的果醬在麵包上。應該說，她真的有抹上去嗎？

「不用那麼客氣，多抹一點，抹上厚厚一層也沒關係喔。」

就像這孩子一樣——母親指向社妹。社妹正把味噌淋到高麗菜上。

「沾很多醬會很好吃喔～」

說完，社妹又繼續大口吃起高麗菜。嗯，就別管這傢伙了吧。

安達一下點頭，一下撇開視線，一刻都閒不下來。她就這麼低頭說「我開動了」，小口咬下麵包的邊邊。她那樣子感覺就像連自己為什麼會被請吃一頓早餐都不懂，無法融入現在的處境。我也不太懂。

但母親完全不介意。然後像是順便拿過來似的，把麵包放到我的盤子上。

「來，快吃吧。」

「妳不問我想要用哪個嗎？」

「用哪個都沒差啊～」

喂。

猶豫到最後，我決定用奶油。

母親也入坐，說著「喔～喔～」觀察起安達。安達被看得很難下嚥，稍微噎到了一下，繼續慢慢咬著麵包邊緣。這麼說來，都沒看過安達用很享受的模樣吃東西呢。好像她根本不存在食慾一樣。安達偶爾會在物理方面給人「淡薄」的感覺，或許原因就出在這裡。

掛著燦爛笑容吃東西的安達……要怎麼樣才能看到那樣的她？

「喔喔喔～！」

「……唔唔……」

母親像個怪人一樣趴在桌上，從下往上看著安達。

「呃，您這樣很礙事……」

「哈哈哈。」

她笑了一下，就這麼帶過這段話。那是有辦法輕鬆帶過的話嗎？我對她厚臉皮的程度感到傻眼，也覺得佩服。

「妳是來接我們家的愛睡豬的吧？」

「妳說誰啊？」

「啊，對……」

喂，妳們別無視我的提問啊。

「妳在感覺得出妳很有幹勁的時間過來呢。」

「對不起，那個……島村，妳原本還在睡吧？」

安達先看著我翹起的頭髮，再往下看到睡衣，便很過意不去地垂下眉角。

「沒關係啦，妳不用在意。反正也只是一直在睡懶覺而已。」

「妳為什麼要代替我回答啊……」

已經開始連反駁她都嫌麻煩了。反正說了也沒用。

正當我這麼想的時候，母親對我笑說：

「妳有個很好的朋友嘛。」

「算是啦。」
不是朋友啦，是女朋友。
如果我這麼回答，就算是這種個性的母親，也會很震驚嗎？還是說，她會意外乾脆地接納這個事實？
……不可能啦。我轉動眼睛笑了笑。而移動了視線以後，我才發現——
「我盯～」
高麗菜絲尾端跑到嘴巴外面的社妹，非常明顯地在看我的手邊。
正確來說，是在盯著我吃到一半的麵包。嗯，我看得出來她想要什麼啦。
「拿去。」
我在麵包邊緣抹上奶油遞出去，就輕鬆上鉤了。社妹大口咬住了麵包。她伸長脖子過來咬……有一瞬間看起來就像她真的把脖子伸得超級長。是我看錯了吧……應該。
嚼著麵包滿心歡喜的社妹，馬上拿黃綠色的那個東西給我。
「作為謝禮，就請妳收下這些高麗菜吧。」
「不需要。」
她不顧我的意見，直接把沾著味噌的高麗菜放到麵包上面。味噌奶油高麗菜麵包這點子還真嶄新啊。就像味噌豬排三明治少了豬排那樣嗎？雖然一點也不高興，不過我還是吃吃看是什麼味道。

「嗯……吃起來是不會太奇怪……」

但問我會不會想搶著吃……倒是嫌青菜味有點重。

「嗯？」

安達在看我。她用麵包遮著嘴，直直盯著我。

她的表情不太開心。我從她的表情當中推測出一點。

「要交換吃一口嗎？」

「嗯。」

安達的表情彷彿電燈泡被點亮了。她似乎很想這樣做。我們撕下一小塊麵包，放上彼此的手。

我嚼了嚼。

「嗯。」

果醬太少，沒什麼味道。

之後我們吃完早餐，距離要去學校還有一些時間。我妹還在一樓房間睡覺，於是我決定跟安達一起到二樓。順帶一提，社妹還在吃。完全跟老鼠一樣。

「雖然二樓很熱，不過就忍耐一下吧。」

我先跟安達這麼說一聲，她也點點頭回應我。那副耳朵的顏色很像抹了淡淡一層果醬的麵包。她看起來很緊張，沒問題吧？說不定身體又會再變成磚塊。

我不禁佩服她雖然不太會說話，身體卻意外靈巧。

進到念書用的房間後，安達就靜靜跪坐在地上。她的食指頻頻撫摸自己的腿。與其說她靜不下來，應該說她有如做了壞事的小孩被大人叫去訓話，緊張得畏縮起來，我抓了抓頭，覺得真是敗給她了。

為吹散累積在室內的悶熱空氣，我擺好電風扇，打開開關。

隨後——

「請……請多指教！」

安達深深壓下了頭。我本來差點跟著她一起低頭致意，不過慢著——

「這剛才就說過了啊。」

「不，我要再說一次！」

「這……這樣喔。」

她講得很有氣勢，讓我不小心就同意了她的意見。就像「說的也是，這種事情很重要嘛……」的感覺。

「我……那個，真的很高興……」

電風扇的微風拂弄著安達的頭髮，而安達也透過笨拙的話語試圖把她的心情傳達給我。

現在安達的心中，一定有很多話語在打轉。

「嗯。」

我要她繼續講下去。安達不安地撇開視線，不斷顫抖。

想必她不論思考再久，都沒辦法有條有理地把想說的話告訴我吧。安達缺乏許多經驗。

而那些缺口，或許已經無法彌補了。

不過，她經過深思後吐露出的真實情感，總是會打動我。

「最好的」並不代表一定就是「最適合的」。

「我……我會努力的！」

安達直接略過各種內心糾結和答案——

用很有她風格的宣言做下結論，聽得我不禁露出笑容。

用不著全部說出口，我也多少能了解她想講什麼。

認識一個人的時間長短也是不容小覷的。

我也跟著跪坐下來。

「我才要請妳多多指教。」

我手掌貼地，鄭重地低頭敬禮。

怪異的問候，奇怪的滿足感。

被從中產生的莫大錯覺矇騙一下，也是種樂趣。

經過這些事情以後，時間來到了上學時分。

「妳可別去當不良少女喔～」

「我會等島村小姐帶甜甜圈當伴手禮回來的。」

「我給妳們兩個的回答都是『ＮＯ』。」

我跟妹妹和社妹打聲招呼，離開家門，接著就看見剛才先衝到外面的安達已經牽好腳踏車在等我了。安達拖著腳踏車往我這裡過來。嗯，她是真的拖著腳步把腳踏車往跟車輪垂直的方向拖。

「我可以把書包放裡面嗎？」

我想把書包放到籃子裡，省下拿書包的力氣，安達就說著「盡管放盡管放」，連忙拿開自己的書包。呃，就一起放籃子裡就好了嘛。我苦笑著把我們兩個的書包放進籃子裡。

兩手都空下來了，那就走吧。我走了兩步，發現安達跟腳踏車都沒有往前走。嗯？我轉頭看她，安達就左右搖動後車輪。

「後面……」

「啊，我可以搭在後面嗎？」

「唔，嗯……啊，我會努力騎的，耶～！」

就算她想搞笑，也因為慢了一拍才講，弄得一點也不俐落。不過我不討厭她這一點。

我告別乖學生的身分，答應搭上她的腳踏車。我腳踩在後輪兩側，把手放上安達的肩膀，接著就有種很令人懷念的感覺重上心頭。安達的肩膀感覺起來比那時候還要僵硬。

「才剛開學，妳有辦法這樣騎嗎？」

「呃……啊，沒問題沒問題，因為島村很輕！」

安達顧及我的面子，發出「嘿嘿，嘿嘿嘿」的笑聲來打圓場。沒有「呃」跟「啊」的話就是滿分了。

「嘿嘿嘿。」

「嘿！嘿！嘿！」

很好，走吧。

我正面感受陽光跟風，挺身向前。

這是我跟安達第二次一起迎接的第二學期。

聽起來比獨自騎車時沉重一些的車輪聲，筆直劃過道路。

我只要繼續像這樣保持平衡，就能抵達學校。

還挺輕鬆的。她願意每天來接我，那就完美得無話可說了。

不過，這樣安達就變成負責接送的人，總覺得好像哪裡不太對。畢竟她也算是我的女朋友嘛。嗯。

「唔～」

現在這樣跟以往一模一樣，沒有任何改變。

照理說，我們兩個女生開始交往以後應該要出現一些變化才對。大概啦。

我稍微轉移放在周遭景色上的注意力，在被安達載往學校的這段期間裡思考起來。

這是個很難解釋的問題。刻意去處理人際關係，其實挺辛苦的。

女朋友啊……唔……

畢竟我幾乎不曾跟別人有過比較親密的交情嘛。

到學校之前，我一直在煩惱這個問題。

還害我都忘了要在到學校之前下車。幸好我們沒被老師發現，沒受到半句責備就順利抵達了腳踏車停車場。腳踏車停下後，我下了車，在挺直身子時忽然想到一個主意。

「島村？」

我鬆開安達還放在把手上的手指，牽起那纖細的手，凝望著她說：

「櫻。」

我嘗試很「做作」地叫她。安達睜大雙眼，僵直在原地，接著身體又像是側邊被人揍了一拳似的彎成く字形。她的背部在顫抖。而她用手臂遮著的臉部也傳來「咳噗、咳咳噗咳」的聲音。她在咳嗽嗎？我壓抑著想戳安達毫無防備的側腹的衝動，等待她鎮定下來。還好這段期間沒有其他同學來腳踏車停車場。

就旁人眼中來看，會像是我猛力拍了她身體側邊，害她很痛。

「妳還好嗎？」

她彷彿把水一口氣喝光的痛苦模樣讓我有點罪惡感。突然就那樣叫她是不是錯了？可是這種事情要是先做開場白，不是會把氣氛搞砸嗎？

要優先注重健康，還是氣氛呢……這問題真深奧。

我想著這些想到一半，安達就恢復鎮定了。大概是剛才太痛苦了，她眼角還泛著一點淚水。看她濕潤的雙眼，換我差點焦急起來。

「真對不起。」

「不會，沒關係，沒關係。」

我聽到她吸鼻水的聲音。一個花樣年華的少女差點被弄得要掛著一條鼻涕，這樣真的沒關係？

安達彆扭又忸怩地用手指揉捏著我的掌心。她這樣好像在練習寫字一樣，癢癢的。接著，她揚起視線，也回我一句：

「抱……抱月……」

「有～」

我帶著笑容回應她。安達縮著脖子，滿臉通紅。感覺像變成了烏龜。

「叫起來不順口。」

「我想也是啦～」

畢竟她對這名字應該不是那麼熟悉。

要是安達嘴上喊著抱月抱月地來找我玩，我也不知道該怎麼回應她。

「果然島村或許……就是該叫島村。」

「可能真是那樣呢。」

那是我最習慣被叫的稱呼。眼前的她對我來說，也是應該叫她「安達」。

我們也不能一直呆站在腳踏車停車場，於是動身離開。我們依然牽著手。哎呀——我看向安達。安達好像是下意識牽起我的手，所以我盯著她的這道視線讓她困惑得開始發慌。光注視著她，她的舉動就會變得有些可疑，有點有趣。她是不是怕我啊？

不對，就安達的角度來說，她真正怕的應該是人際交流吧。

「抱……抱兒。」

使力僵著脖子的安達，很笨拙地嘗試用奇怪的稱呼叫我。

「我倒是沒被人這樣叫過耶。」

「那，小島……之類的？」

「咳！」

先不論她在嘗試什麼，她大概是想摸索跟我之間該保持怎麼樣的距離，才會這樣做吧。

她還真努力呢——我有點佩服她。

因為我們比較早來，也沒在校舍內遇到別人，我們一直到教室前面都牽著手。但再怎麼說也不能牽著手進教室，所以我們只牽到這裡，放開了手。

這就是個不允許我們那麼做的世界。

如果要一輩子只依靠彼此，那或許也是一種答案。

要我捨棄那麼多事物過活……也是可以啦。唔～不過，總覺得那樣好像不太對。

算了，不管了。

我對安達有些不捨的表情露出苦笑，無法繼續牽手的安達，則是換提出別的要求。

「再用剛才那個叫法叫我一次。」

「剛才那個？」

「名字。」

安達低下頭，眼睛甚至忘了眨眼。就算沒碰到她，我也感受得到她的心跳加速。

我有點羨慕被那些敏銳感覺環繞的安達。

因為我目前還沒什麼實感。

「櫻。」

我回應她的要求，再這麼呼喚她一次。

安達也在我的話語之下，染成了櫻花般的粉紅色。

不曉得她是不是比剛才適應了一點，這次沒有「咳噗咳噗」的了。

大概是因為從一大早就發生了很多事情，尤其還提早被叫醒，開學典禮的期間我一直是恍神狀態。

「呼耶。」

開學典禮在我打盹的時候就結束得差不多了。我收拾書包，打算回家睡覺。

「…………………」

小剛也常常在睡覺呢。我也早早就變成老奶奶了嗎？我不禁輕輕笑了出來。

外婆很常寄郵件給我。她會寄小剛的照片過來。寄來的照片五花八門，有時候很普通，有時候很搞怪，但我每次收到，心裡就會捲起一道小漩渦。雖然捲起的不僅限於溫和的情緒，不過確實會大幅打動我內心的某種東西。

我對這種變化感到困惑，也起了雞皮疙瘩，然後——

我得到了甚至伴隨著少許反胃感的一種很不可思議的涼爽感受。

「……呼耶。」

回家吧。

我這麼心想，接著發現桌上有道影子。一抬頭，就看到安達來到了我旁邊。她輕輕拉著我制服的袖子。這舉動跟在其他人面前的我妹很像。

「一……一起回家吧……」

「是可以啦。」

我們在校門前面就要分頭走了，這樣也沒關係嗎？

「那個……我送妳回家。」

「咦？」

「因為妳是我的女……女朋……」

「嗯，好。那走吧。」

我推著差點要光明正大地在教室裡做出宣言的安達背後，來到走廊上。面對安達還真是一刻都不能大意啊。

我推著她的背，像在玩電車遊戲那樣走在走廊跟樓梯上。「哇、哇、哇！」安達因為被我推著而顯得很慌張，臉上卻也浮現有些開心的僵硬笑容。

安達還真不會擺笑臉耶。雖然大概是因為沒有必要那麼做，才會這樣。有點在想，我想辦法多逗她笑一點，或許會比較好。

「…………………………」

我凝視著因為是夏季制服，所以有些縫隙的腋下。乾脆搔她癢看看吧。不對，應該不是要用這種方法逗她笑。不過她的上臂還真白。有如只有安達自己一個人跳過夏天這個季節，來到了現在。

到校舍外面的時候，我看到了走在我們前面一點的一個小小背影，還有一個某個部位很大的背影。

她們似乎也發現到我們了，便轉過身來。

「嗨，島島兒跟安達兒。」

「兒～」

日野很普通地跟我們打招呼，永藤倒是明顯偷工減料。

「兒～」

不過我試著這樣回她，才發現好像挺方便的。該說有種適度的親近感，還是該說可以顯得彼此之間沒有距離呢。就算腦袋放空來講，也可以是個像樣的回應。

永藤跟放暑假之前沒兩樣，但日野就曬得很黑。她跟暑假結束後一定會曬得全身黝黑的我妹差不了多少。看來即使曬的是威夷夏的陽光，被曬黑的程度也不會有差別。

「看妳沒怎麼被曬黑，妳暑假都在做什麼？」

「咦，嗯，這個嘛，就很普通的在念書。」

「怎麼可能，少騙人了。」

我被她「啊哈哈！」地笑了。

我今年交到女朋友了喔。假如我很清爽地這麼說，日野應該會驚訝得瞪大雙眼，不過永藤……好像會若無其事地拍手叫好。真的有什麼方法可以嚇到永藤嗎？她給人的感覺就像緊貼在一個東西上，沒辦法翻面的橡皮擦。

「對了，島島村兒。」

「妳多叫了一個字要幹嘛？」
「昨天妳媽有到永藤家來買東西喔。」
「我知道。」
因為晚餐桌上有可樂餅。
「是說，為什麼這件事是日野妳來講啊……」
那明明是永藤家的事情。而永藤本人則是「哼哼哼」的一聲，不知為何很得意地抬了抬眼鏡。
「馬鈴薯有卡牙縫嗎？」
「妳問這問題是想聽到怎樣的回答啊？」
真是個怪傢伙——我不禁露出笑容。
話說回來，安達都沒講話呢。我往旁邊一看，就跟她對上了眼。她當然跟我不一樣，臉上完全沒有笑意。「當然」是什麼意思？我知道——我把手舉在臉旁邊輕揮幾下，結果手腕就被抓住。接下來，就被拉著走了。
「等、等、等……」
日野她們雖然都驚呆到睜大了眼睛，但這群朋友很懂得該怎麼應對。
「那再見啦～」
「掰嗨嗨～」

這哏還真古老耶。我揮揮手，跟她們告別。（註：「掰嗨嗨」為日本人偶劇團「劇團木馬座」中的角色 KEROYON 於 1960 年代後半所帶起的流行語）

我就這麼被安達拉著走到腳踏車停車場。我半抱著不安的心情看看一直面向前方的安達是什麼表情，才發現她眼神很尷尬地飄移，似乎知道自己的行為有問題。看來她就算知道有問題，還是決定順從自己的心情行動。

我看往排在一起的腳踏車，然後仰望天空。我大概了解是怎麼回事了。

「啊……妳是在嫉妒嗎？」

因為我跟別人說話。

安達猛力左右搖頭否定。

「安達兒。」

「才……才不是兒。」

妳臉上寫著就是那樣兒。

還真叫人傷腦筋呢——我笑著心想，之後安達就轉身面對我。還握緊了拳頭。

唔喔。我差點就下意識擺出防禦架式了。

「雖然不是……那樣……」

彷彿眼睛跟臉頰上畫著紅線的安達鬧起彆扭，噘起嘴唇。

「可……可是我覺得……不可以花心。」

「花心……咦，剛才那算花心？」

安達微微點頭。

「因……因為島村是我的……女……女朋友。」

「是啊。」

而安達也是我的女朋友。這真的被我們搞得很複雜。

「唔～不過，妳的標準會不會有點太嚴格了～？」

「才不會！」

她這句否定有氣勢到足以撼動停車場柱子上充滿鏽斑，且快要脫落的塗漆。

我發覺自己的笑容僵掉了。

安達大概也察覺自己顯露了藏起的獠牙，緩緩縮起脖子。

「我……我覺得不會……」

再變回平時那個像小動物的安達。她縮起脖子的模樣簡直像被人敲過頭。但是，已經發生的事情沒辦法變回沒發生過。我感覺周遭視線聚集在我們身上的狀況，過分到不能徹底無視。

不過這種時候，就先暫時不管那種事情了。

「這樣啊……」

我語氣含糊地附和安達的話，同時捏起她的臉頰動手揉。訝異的安達雖然發出「咦呀」

的聲音，我還是毫不介意地揉鬆她僵硬的臉頰。她的臉一開始很涼，卻慢慢開始發燙。

我把她的臉往左右拉，就聽到她叫我「襖……襖昏」。我覺得是在叫我。

「嗯……」

我假裝很認真，但只是一味地繼續揉她的臉。

這樣應該也能緩解這股有些令人喘不過氣的氣氛吧。

當作是在安撫生氣的女朋友來看的話，是不是就有點像個男朋友了呢？

雖然變成男朋友也不能怎樣，實際上也根本不能解決任何問題，不過這樣做能撐過現下窘境，就先這樣了。

今天的我已經很努力了。

而剩下的問題，明天的我會想辦法解決。

於是，第二學期就這麼開始了。

就算是哆啦○夢也不怎麼願意拿出來的二十四小時被窩（可以想什麼時候睡就睡的每一天）結束了它的職責，一如煙火消逝。

在抵達周末的假日之前，得要先走上一趟長遠旅程的生活再次來臨。

經過那段旅程後所抵達的寶貴星期六中午，我一邊吃著三明治，一邊愣愣地看著電視，就看到有女高中生接受採訪。內容我都跳著看，所以我不太清楚細節，不過那個人似乎在社團裡很活躍。她俐落回答自己把被賜予的這段高中生活視作鍛鍊自己的期間，很高興能看到鍛鍊的成果顯現出來。

「就算一樣是高中生，她跟妳倒是有天壤之別呢。」

抱著待洗衣物經過一旁的母親稍微挖苦我一句。

哼。我當然也那麼覺得啊。

「不過我也喜歡這麼懶散的抱月妹妹喲～來摸摸頭～」

我的頭被用力磨蹭。

「……可不可以不要因為妳的手沒空，就用下巴來摸頭啊？」

隨後母親咬著三明治離去。看來她的目的似乎是三明治。我吃著剩下的三明治，視線轉回電視上，發現剛才的採訪已經結束，改播別的新聞了。

「『被賜予的一段時間該怎麼運用』啊……」

真是意志堅定的說法。跟彷彿拄著拐杖踉蹌度日的我相比，根本是雲泥之別。

我的高中生活究竟被賦予了什麼樣的任務呢？又究竟會變成什麼樣的一段時光呢？

能夠得出答案的關鍵或許不在我身上，而是掌握在安達手上。

「我的女朋友很愛吃醋啊～」

哈哈哈。雖然現在還笑得出來，不過要是惡化了會怎麼樣呢～？

……哈哈。

怎麼說，安達她喜歡我……應該說，我是覺得她確實喜歡我啦，但我感覺她尋求的不是想要親親那一類的，簡單來說，大概是在追求所謂的「特別」吧。

特別的關係、立場。她想要的是這些，因為她很不安。

這我能了解，是能了解啦……可是被束縛得太緊也不太好受啊。會變成火腿。總覺得被綁住的火腿——也就是我，有一天會被安達吃掉。

「喔～真可怕真可怕……」

再吃一口三明治。

「喔～島村小姐～」

社妹踩著輕快腳步過來。她看起來不會被任何煩惱跟重力拘束的悠哉態度，應該表裡如一吧。我最近開始羨慕起這傢伙了。

「喔喔～妳在吃好吃的東西呢。」

她立刻看向我手上的夾蛋三明治。

「我知道夾蛋三明治是什麼味道。」

為什麼要講得好像把英文翻譯成日文那樣？她掛著燦爛笑容，滿心期待地在我旁邊等……很有趣的是，應該說讓我很感興趣的是，就算我現在不把三明治分給社妹吃，她也不會怨人。之前也有過類似的事情，那時我因為一些理由拒絕她，她也只是說著「那還真是遺憾呢～」，就腳步輕快地離去了。

而且她完全不會把這種事情記在心上。

雖然她跟借住在我們家差不了多少，常來吃免錢的飯，所以不記仇是理所當然的沒錯，不過自己的期待遭到背叛也不說半句怨言，其實是很難的一件事情。小孩子遇到這種狀況會單純表達不滿，就算是大人也會悶悶不樂。而像我們這種處於兩者中間的人，就不會傾向其中一邊，只是把怨恨累積在心裡。

而這傢伙，卻是跟這一切無緣。

世上居然也存在著這種怪人。

她簡直像從很久以前就不曾融化的一塊純粹的冰。

「拿去。」

我遞出吃一半的三明治，社妹就喊著「好耶～」，高高興興地吃起來……以安達的判斷標準來看，算是花心嗎？呃，可是這就像是在餵飼料那樣……原來如此，就是因為給她吃的，她才會逗留在我們家啊。雖然隨便就給她吃的好像太不經考慮了，不過也為時已晚。

「是說，妳的吃相看起來還真幸福呢。」

「呵嘿呵嘿嘿嘿。」

「好好好，不要咬到我的手指喔。」

這樣的性格再加上精美的外貌，讓她真的就像非天然的生物。

這個純真的生物究竟是來自何方呢？
「妳有吃醋過嗎？」
「我覺得麻糬包紅豆餡最好吃。」（註：日文中「吃醋」跟「麻糬」部分同音）
「我想也是啦～」
哇哈哈哈。
結果，她把剩下的全部吃掉了。
「嗯……就用這招試試看吧。」
「什麼？」
社妹還在享受口中殘留的那股美味，我把她扔在一邊，前去拿手機。
我妹在房間裡寫作業。
「妳真了不起呢。」
「可以不要把我跟姊姊妳混為一談嗎？」
「嗯、嗯。」
「唔耶——」
我作弄囂張的妹妹——主要是她的臉頰以後，就打電話給安達兒。電話才響到「嘟嚕嚕」就接通了。竟然在響完一聲之前就接起來，太強了。我的心情就像被問答比賽超快的按鈴速度震撼到。

『我來了來了來了！』
「用跑的很危險喔。」
用不著看到她，也光從她講話的氣勢就能知道在做什麼。也能想像她現在應該前傾著身體。
她就是個充滿了容易理解的要素的人。
『因為島村……那個，很難得會打電話給我。』
連難得會發生的事情都能敏捷應對，安達太恐怖了。
「很難得嗎？」
『很……很難得啊。』
她的語調聽起來稍微摻雜著責備。我發覺太過深究這個話題會不太妙。
「然後啊，安達同學。」
『嗯。』
回答中也暗藏著期待。感覺像是期待我講出「要不要現在就一起去玩？」這句話很久了。
這主意也是不錯，但那樣一來，就幾乎跟以往沒有兩樣。
我認為果然還是多少該開始做些跟平常不一樣的事情才行。
「那個啊，要不要來做便當？」
『咦？』

「下次啊，我就做妳的便當，妳來做我的便當。」

怎麼樣，這樣夠像在交往的人會做的事吧？

其實瞞著她偷偷做好便當，等當天再給她驚喜也是不錯，可是安達對奇襲沒什麼抵抗力。害她在教室大咳一場會引來不必要的注意，最重要的是，只有我做便當的話，總覺得不太公平。

畢竟我們兩個都是彼此的女朋友。

『……島村親手做的便當……』

另一頭傳來的聲音聽起來輕飄飄的。

『我覺得不錯。我覺得這樣很不錯。』

她的聲音很沉著。

她似乎意外滿意這個提議，反倒讓我有點驚訝。

我本來覺得這提議挺隨便的耶。

『島村妳願意替我做便當，對吧？』

「嗯，是沒錯……那個，安達妹妹妳也要做啊。」

『嗯、嗯。』

我懷疑她是不是真的了解我的意思。這狀況很神奇，她明明一本正經地接受提議，回應卻很隨便。

『可是，島村妳會煮飯嗎？』

「哈哈哈。」

原來如此，看來是要這樣用啊。

「安達妳才是，妳會煮飯嗎？」

雖說是在中菜館打工，不過妳好像是負責接待客人的吧？

『呃，這個……我倒是有做過巧克力。』

「喔～」

因為我不曾親手做過巧克力，所以覺得聽起來很厲害。實際上厲不厲害我就不知道了。

這麼說來，之前她好像曾寄巧克力的圖片給我……就是那個嗎？

『沒……沒問題。而且妳做的也不會有問題，就算做出來很奇怪，我也會吃掉。』

「妳這麼說還真叫人放心。」

我不打算做太超出自己能力範圍的便當，應該是不會做出奇怪的東西啦。

於是我們約好替彼此做便當，然後掛斷這通電話。

「好了。」

我做得出來的料理啊……我一邊思考一邊走在走廊上，然後看了一下客廳。

「就是這個了吧。」

「什麼？」

看到躺在客廳的社妹，我聯想到自己會做什麼。論我可以順利做出來的料理，頂多就是三明治。雖然很普通，但比起把眼光放太高，搞得做出見不得人的東西好太多了。

而且重點大概是在「是我親手做的」這一點上。

「島村小姐，妳現在很閒嗎？」

社妹依然躺在地上，像蛇一樣扭來扭去地來到我腳邊。

她猶如水面一般的雙眼閃閃發亮，催促我陪她玩。

「去跟我妹玩。」

「小同學正忙著寫作業。」

「喔，也對……那，妳就看看漫畫怎麼樣？」

我也是到剛才都還很閒，不過現在有點忙。

我在忙著安達的事情。

今後這種狀況會變得愈來愈多嗎？我覺得這樣是有好有壞。

「說的也是～那樣也對學習語言有幫助。」

她用奇怪的理由接受了我的提議。她借走因為書櫃放不下，就塞在紙箱裡面的幾本漫畫，就這麼舉著書跑去我妹待的房間。兩位感情好是件好事。

怕生的我妹能夠對社妹敞開心胸，是因為社妹那種好相處的個性嗎？

雖然應該好好向她看齊，但感覺現在才開始學她也很難。

因為我也已經是半個大人了。

變成大人以後，除了自身意願以外，還會出現其他該遵循的東西。

「……複習在課本上學到的知識很重要嘛。」

過著正常生活的話。

這個世界會教育自己——

為別人做些什麼，以及試圖理解別人的行為是很重要的。

所以，我現在想遵循那種觀點試試看。

雖然是理所當然，不過假日最重要的就是休息。

每個人各有自己休息的方式。有人會什麼都不做，讓身體好好休息；也有人會到處跑動，維持精神上的穩定。所以我會睡懶覺睡到就旁人看來只像是很懶散，也想必是忠實顯現了肉體的需要。

我想要暫時忘記升起的太陽，享受深沉的睡眠。

然後受到身體漸漸融入時間當中的感覺吞噬。

「給我起來。」

「咕耶。」

我從被窩裡被拖出來。不對，是被子被抽走？我沒辦法辨別，總之我被迫跟安眠分開了。平日就算了，我有什麼理由得在假日被叫醒嗎？我用惺忪的睡眼看向母親，她就用拇指比著走廊。啊？我伸長脖子看過去。我只看見明亮的走廊。

「有妳的客人。」

「客人？」

我穿著睡衣，搖搖晃晃地到走廊上。大概是因為我待在有遮光窗簾替我擋下光線與時間流逝的房間，覺得陽光好刺眼。弄得我頭好暈。我就這樣被光芒吸引過去。

隨著愈來愈接近玄關，我的意識跟對於來訪的可能是誰的猜想也開始變得清晰。

打開門後，我看到抱著大包行李的安達站在家門前。

而今天是星期天。

「……不不不，妳給我等一下。」

她沒有事前告知，完全是場奇襲。

我大概知道她過來的用意，不過她的包包比想像中還要膨。

「便當這種東西啊……應該是平日，應該說是要帶到學校的……才對吧？」

我是抱著帶到學校交換的想法跟她提議的。難道她誤以為我是約她出去玩？不，可是……還有，她穿著的T恤寫著「愛難以捉摸」。的確很難捉摸呢。

包括安達的品味在內。

「我還沒做半點準備耶。」

「啊，不是不是。這是那個……練習。」

「練習？」

「還有調查。我想聽聽妳的意見，看這樣子可不可以。」

她揹帶勒著肩膀的模樣表達出她帶了做好的便當過來。

「……還真像妳會做的事呢。」

明明很慎重，卻會積極展開行動。塞在包包一角的水壺蓋子亮著暗沉光芒。

不知道她做了什麼樣的便當。雖然才剛吃完早餐不久，不過我有些好奇她帶來的便當。

「不過，至少比在學校午休吃更能靜得下心來吃吧。」

待在沒什麼人的地方，安達應該也比較能表現得自然一點。

我壓抑快湧上來的呵欠，邀她進來家裡。

跟安達交往，自然而然會變得熱鬧起來。

而這種現象也會影響到我的假日，確確實實地削減掉我的睡眠時間。

這對於會透過睡眠得到內心安穩的我來說，並不是能夠全盤接受的狀況。

「…………………………」

但現在——

看著安達充滿亢奮的燦爛眼神，我就會覺得「算了，沒差啦」。

「歡迎妳來。」

原本在擦拭走廊地板的母親抬起頭。她看了安達誇張的行李一眼，歪著頭問：

「妳又要來我們家洗澡嗎？」

「咦，不，不是——」

「她做了便當過來，就找我跟她一起吃。」

「啥？在家裡吃便當？」

安達的臉微微泛紅。母親依然歪著她的頭，看著我說：

「妳這朋友還真有趣。」

「算是吧。」

用正面的態度看待「會做出意料外的行動」這件事，就會是這樣。

「話說回來，便當這詞聽起來真叫人懷念呢。我差不多一年沒幫妳做便當了。」

哈哈哈——母親開朗笑道。這不是該那麼高興地講出來的話吧。

「妳想幫我做便當也沒關係啊。」

我從來沒說我不要便當。

「才不要咧～」

她扭來扭去給我看。我裝作沒看見，直接走上樓。

「感覺島村妳是像母親呢。」

「是嗎？」

走到半路時，安達這麼跟我說。我捏了捏臉頰跟鼻子，心想可能是吧。

「我的個性沒她那麼奇特就是了。」

「是嗎……」

「咦？妳說什麼？」

「沒有，沒說什麼。」

安達難得講話這麼俐落。

我招待她進來到處是灰塵的念書用房間。明明就有做好空氣流通，為什麼過了一晚就會看到有灰塵在空中飄呢？再說，這些灰塵到底是從哪裡冒出來的？記得之前上課有教到，可是我聽說不會出在考試裡面，就忘記了。其實這種心態應該不太好吧。

暖爐桌（結果還是沒收起來）另一頭的安達放下看起來很重的包包。

她做了那麼大的份量過來嗎？我不禁心感不安。

「請用。」

安達一臉緊張地遞出便當。

「嗯。」

我收下便當。與其說便當，還比較像是分一些菜給認識的人吃。因為是用保鮮盒裝的。

看來她只做了這一盒便當。那她的包包還裝了些什麼？

算了，不管那麼多。我打開蓋子，看到裡面裝著金黃色的扁平物體。

「這是什錦燒？」

我用筷子夾起跑出來的蔥。

「因為我在打工的地方有煎過。」

「……記得妳是在中菜館打工吧？」

「嗯。」

What？不對，是Why？我拿筷子戳了戳什錦燒的邊邊。就因為是筷子——不，沒事。（註：日文中「筷子」與「邊邊」同音）我把什錦燒掀起來看，發現底下也有什錦燒。有兩片啊，應該勉強吃得完。

「太少了嗎？」

沙沙沙——安達把包包拿過來。我有不好的預感。

「不不不，妳準備那麼多，我也吃不下。」

「這樣啊。」

沙沙沙——她又把包包拿開。她到底煎了幾片？

之後，安達就替我準備好裝在水壺裡的茶。這些東西一起擺在桌上，就想起以前會玩家家酒的那段時光。那時我馬上就玩膩了，跑去到處亂跑。根本沒玩家家酒嘛。

「請……請用。」

「嗯。」

經過跟剛才一樣的對話後，我忍不住動手捲起其實也不長的袖子。

我第一次吃同學親手做的料理。未知的體驗讓我有點心跳加速。

「我開動了。」

我雙手合十，動起筷子。我夾斷什錦燒一角，吃進嘴裡。

因為安達一直盯著我看，感覺會有那麼點難下嚥。

咀嚼。喝茶。看她。

被安達不穩定的雙眼直視，就覺得快被她傳染了。

「我應該老實說，還是用不會害妳傷心的話誇獎妳？」

這等於是婉轉地表達不好吃。

「不……不要批評得太狠……」

不要批評得太狠啊。

「這冷掉了。」

「啊！」

安達連忙一把抓起包包。然後把跟我眼前這個很類似的保鮮盒……唔哇果然拿了一大堆出來。

「呃，我想這個會比較熱一點。」

安達確認過保鮮盒的狀況後，就選了一個給我。我打開蓋子，試吃一口。

「嗯，這個就很好吃。」

麵粉類的食物冷掉以後，口感就會變得不太好啊。嗯，好吃。

挺厲害的嘛，安達。她做的什錦燒意外好吃。我唯一在意的是她準備的量。剩下的要給誰吃呢？當我疑惑地這麼想時，安達就動作俐落地繞到我身旁來。

「安達？」

「啊……啊——」

「…………………………」

安達發出了很妖豔的聲音——當然不是這麼回事。她張開了自己的嘴巴。

這是要那個嗎？嗯～我知道她想做什麼啦。我用筷子切下一塊什錦燒。

不過我在餵她吃之前，先看了一下她的口腔裡面。這可不是那麼容易見到的景象。喔～喔～她的牙齒真整齊。而且她的嘴巴裡面比我預料中更偏粉紅色。是跟潔白的牙齒對比之下，看起來才會這樣嗎？

「可……可以快一點嗎……」

「妳後面的牙齒卡到蔥了喔。」

她咬合了牙齒幾次，要我動作快點。感覺玩笑開過頭會被咬，於是就照她的要求去做。

話說，我該放在哪裡才好？舌頭上？我慢慢放上去，安達的舌頭就捲住了什錦燒。看到她吃進嘴哩，我就收回筷子。
「好吃嗎？」
不知為何是我來問這個問題。
「嗯。」
安達不知道為什麼一副很滿足的模樣。她雖然壓低視線，卻也沒有徹底壓抑住嘴角的上揚。
彼此都能心滿意足的話，過程奇怪了一點也無所謂吧。
「接下來換我……」
安達說完正想拿我的筷子時，響起了一陣電話鈴聲。
是我放在桌子邊緣的手機在響。
安達人在這裡，那其他會打電話給我的人——
喔，對，會是樽見。
我都忘了。
「哎呀，有人打給我。」
我故作鎮靜地拿起手機。果然是樽見。
「妳在這裡等一下喔。」
安達沒有回答，只是直盯著我在做什麼……真是的。

我離開房間，接起電話。

「喂。」

『啊，嗨。』

好久沒聽到樽見的聲音了。上次聽到應該是拒絕她邀我去祭典那次吧。

『啊～那個，妳好啊。』

「妳好～」

我走到樓梯這裡，跟她打聲招呼。

『我就直接問妳了，小島妳有空嗎？』

「唔～這個嘛……」

我沒有漏聽那道微弱聲響。

「妳等我一下喔。」

『咦？』

我先把手機用掌心握起來藏好，再轉過去說：

「……喂！」

就像把小石頭往水面上丟，躲在遮蔽物後面的人影彈了一下。安達緩緩走出來。

她像個惡作劇被發現的小孩，低著頭用畏縮的眼神往上看我。

「因為……」

「不要找藉口。」

我輕輕往安達額頭上使出一記手刀。從手指延展出來的影子劃過了安達的髮際線。

「我說啊，妳的態度可以再光明正大一點也沒關係的。」

「咦，呃……妳是要我光明正大地在旁邊聽？」

「不對，我不是那個意思。」

我該怎麼告訴她才對……等等，用行動來表達也可以吧。

我大致知道安達想要什麼……好。

我撥開安達額頭前面的瀏海，親吻她的額頭。

嘴唇接觸到的安達額頭，存在著少許凹凸線條。畢竟她身材偏瘦。

我一把嘴巴移開，安達就跪倒在地，用往後仰的姿勢僵在原地。表情上怎麼說，因為跟平常一樣變得滿臉通紅，也沒什麼好說的。這樣好像草莓啊。

「我只會對妳做這種事情。」

就現在而言。

我上一次做這種事情，是什麼時候的事情了呢？記得我妹還沒上小學的時候，我有這樣親過她。我本來心想總覺得安達有點像我妹，不曉得這招有沒有效，結果效果好過頭了。

「這樣妳滿意了嗎？」

我這麼一問，她就縮起纖細的下巴，點了頭兩次。很好——我催促她回房間。

「我馬上就好了。」

說完，安達就深深點頭，踩著不穩的腳步回房間。

就像虛弱的小鳥慌慌張張地逃走。

跟祭典那天晚上很像。

『小島？』

我回來繼續講電話。

「嗯，現在有人來我家玩。」

『這……樣啊。那我晚點再打給妳……比較好？』

「啊……呃……也是。嗯，抱歉。」

轉啊轉的——乾癟的道歉話語，在嘴裡打轉。

『那下次再聊……』

「嗯……」

好比前進三步，卻又退後四步。

我在重現我們之間的少許尷尬下掛斷電話後，落入強烈的自我厭惡當中。

「這樣不行啊，嗯。」

我抓抓頭，告誡自己竟然差點覺得朋友很麻煩。

「啊～真討厭。」

我總感覺自己是很無情的人。

「……不對，我好像也真的很無情。」

毫無人情。我不禁認為這是很適合用來描述我這個人的詞。

因為沒有人情，所以很輕。也就是輕浮。觸感很好又輕盈，表面上看來很棒，實際上卻是相當輕薄。

所以，有時候——

存在內心的意念累積到極限，就會立刻破裂。

就像撈金魚用的撈網。

雖然外婆把我誇得是公平公正又才貌雙全，但我想我面對安達應該不會保持公正。畢竟她是我的女朋友。多少偏袒她也沒關係。不對，我覺得我反倒必須那麼做。可這樣一來，我的無情就會出現偏頗，不論再怎麼注意，都會變得馬虎起來……即使覺得有芥蒂，也得加以克服。

我要注意別讓這種態度只是三分鐘熱度才行啊。

立場會產生力量。立場會創造出意念。就算是母親，如果她不是我的媽媽，就只是個囉嗦的大人。所以既然我現在處於安達的女朋友這個立場，就應該要有符合這種立場的態度跟意念。我就是為了尋找這個問題的答案，才在摸索。

我回到房間。安達抱起雙腿，靜靜坐著。她發現我回來以後，便放下並藏起細細摸著額

頭的手指。是不是我的口水沾上去了？一點也不會髒髒好不好。

不知為何我一坐下，安達就站起來。妳要做什麼？我抬頭看向安達，她就擠在我跟桌子之間。這樣沒有讓人覺得清爽。感覺就像一大團熱源靠過來。

我摸她的上臂看看，就有股高溫慢慢擴散過來。

「妳真是個愛撒嬌的孩子耶。」

「不好嗎？」

被我這麼一說，她就有些鬧彆扭地回答。安達難得會展現這樣的一面。

是不會不好，不過在密閉房間裡這樣做，會有點熱。可是安達大概就是喜歡這裡吧。因為她在我的腿間找到了屬於自己的歸屬。

我拿筷子夾什錦燒來吃。偶爾也夾給安達吃。雖然吃起來不太方便，不過這樣應該也不壞吧。我想起把小剛抱在腿上的那段時光。

安達果然是狗型的人。

而狗型的安達嘴巴跟眼角正不斷晃動。

她手放在我腳上，手臂也在顫抖。

「我……我最喜歡……島村了。」

連聲音都在抖動。她這麼努力的模樣，讓我心軟了。

「謝謝。」

這說不定是我第一次，也是最後一次被家人以外的人喜歡到這個地步。

想必我有一天一定能夠找出喜歡我的這個人是安達，究竟藏有什麼意義。

總有一天。

「…………………………」

啊……

希望我可以早點變得能夠認為跟安達之間的交流比任何事情都寶貴——

變得能夠認為自己僅需要片刻的安寧。

附錄「日野與永藤」

「啊，真的在這裡。」

我在聽到搶先垂下釣線到來的這份反應後抬起頭，就看到了永藤。她的頭有一瞬間擋住太陽，但她走來又立刻讓我眼前充滿刺眼光芒。在背後的陽光照射下，她的眼鏡鏡框跟著發亮，上衣印著的「徒弟」兩字也閃閃發光。我可不記得收了妳這個徒弟啊。

「真難得，妳竟然會來這裡。」

我舉起手，對她說聲「嗨」。永藤基本上不會陪我釣魚。因為很無聊。

我曾經硬逼她陪我釣魚一次，但我學乖了，就沒有再找她來。根本沒辦法釣魚。

「我到妳家去，就聽說妳出門釣魚了。」

所以就特地來釣魚池這邊——她的態度婉轉表達出這個意思。

會不帶釣竿過來的客人，也就只有這傢伙。

「怎麼，妳到我家去了喔？妳要先告訴我妳會來啊。」

明明就有電話這種東西可以用。

「因為我先說的話，反而是妳會過來。」

「妳很懂嘛。」
與其叫永藤來我家，不如去永藤家比較好。她家待起來比較輕鬆。
我不是討厭家人，不過我似乎天生不適合待在寬敞的房子裡。
我有時候會覺得，好希望自己能像被釣上來的這些魚一樣，輕鬆換個住處。
這些魚是不是真的願意換新家就不知道了。
永藤蹲到我身旁。她愣愣地盯著平靜的水面。現在的陽光仍然帶有猶如土壤焚燒的一股夏天的氣味。就算是假日，也沒多少人會來釣魚。
我就是知道這種時候反而能靜下心釣魚，才會過來……我往旁邊瞄一眼。
帶永藤來會根本沒辦法釣魚，正是因為坐在旁邊的這傢伙很礙事。她只會安分大概五分鐘，之後就會動手捏我的臉頰，或是把下巴擺在我頭上，又或是拍打我的腳，根本一刻都靜不下來。
「今天我就大發慈悲，來陪妳享受妳的興趣吧。」
「妳為啥講得好像自己很了不起一樣。」
「不過，下次就換妳陪我玩我的興趣了。」
「嗯，喔……是可以啊。」
我隨便回應她一句，晃了晃釣竿。
「話說，妳的興趣是什麼啊？」

我仔細想想她有什麼興趣，卻沒有半點頭緒。

因為我們大多時間都待在一起做一樣的事情，所以不曾特別去注意。

「妳問我是吧。」

她不知為何「哼哼～」地挺起胸。

「說到我，妳居然也有不知道的事情，看來妳還不夠用功喔，日野同學。」

「囉嗦。」

「我的興趣是玩迴力鏢。」

「喔，對，妳的確有玩那個的興趣。」

「還有疼愛日野。」

永藤得意地這麼表明。不過實際上等同什麼都沒說。

「……那是我平常就一直陪妳做的事情。」

「是呀。」

這樣根本就和平常沒有兩樣啊。妳到底想要怎樣？

真是個怪傢伙。

我用釣竿撥弄水面。

「……………………………………」

我收起釣竿，收拾隨身行李。

「不釣了。回家了。」
我站起來，早早就想打呵欠的永藤就張著嘴，抬頭看我。
「咦？妳不釣了嗎？」
「我釣魚的話，妳不是會很無聊嗎？」
「嗯。」
那就沒有半點繼續留在這裡的理由了。
「說要回家，也是去妳家就是了。」
「咦～為什麼～」
因為我家的午餐太清淡了。我偶爾也想吃吃重口味的東西。
老哥他們為什麼喜歡吃口味那麼淡的東西啊？是因為我們家很傳統嗎？嗯，應該是因為這樣。
畢竟遵循自己受他人賦予的印象跟立場行事意外重要，有些事情無法擅自視而不見。就是在這些事情的交互作用下，城鎮才得以正常發揮功能。
一走出釣魚池，永藤就拿下了眼鏡。而且還收起來了。
「妳這樣沒問題嗎？呃～我是知道妳多少看得到啦。」
對我來說，沒戴眼鏡的永藤比較有熟悉感。大概是剛認識她的時候跟小學時期給我的印象比較強的緣故吧。不過，當時我們的身高差距也沒現在這麼大就是了。

「我想起來一開始是為什麼要戴眼鏡了。」
「啊？不就是因為妳視力不好嗎？」
「嗯、嗯。」
「妳到底在說什麼鬼話啊？」
「是因為日野太小隻了。」
「妳說啥？」
而且說這種話臉上竟然還給我掛著笑容，不要命了啊？我這麼威脅她。
「我想要遠遠的也能找到妳，才會戴眼鏡。」
我保持著威脅她的狀態，眉毛跟視線卻僵住了。永藤一臉開朗地轉而面向前方。
她的視線看著一座很老舊，而且牆壁很髒的小學。
「所以妳在我旁邊的話，就不需要眼鏡了。」
「……妳到底在說什麼啊，真是的。」
真拿妳這傢伙沒辦法。我抓了抓頭，手卻被人抓住。
是永藤緊緊握住了我的手。
「妳突然這樣是要幹嘛？」
「釣到日野了。」
永藤拉著我的手，「耶～」地往上高舉。她毫不客氣地把手舉得很高，讓我的身體也跟著被往上拉。這害我有點心急我們的身高差距是不是變更大了。妳為什麼會一直長高？

我們家果然也該多吃點肉才行吧？

可是我們家的人除了我以外，都長得很高大。

之後，我們就順其自然地牽起彼此的手走路。

「我們好像很久沒有牽手了。」

「是啊。」

總覺得她做事情的順序跟做的事情都很亂七八糟。

「牽手很棒對吧～」

「很熱就是了。」

熱氣還殘存在蟬，以及雲朵的形狀當中。在這夏天氣息已經逐漸脫離景色的時節，炎熱的天氣依然健在。

被強烈陽光曬得暖呼呼的城鎮要冷卻下來，還需要一些時間。

要透過牽手撐到那時候，永藤的手稍嫌太熱了。

「就是熱才好啊。」

永藤說完，又笑了出來。

哪裡好啊？——我這個想法也只出現了一瞬間。我們默默向前走，擺盪著手。

「……嗯，也是啦。」

雖然只限回到家之前的這段短暫時間——
不過我決定陪永藤享受她的興趣了。

「今天的安達同學」

我看向窗戶。窗中的人影在笑。
我看向浴缸的水面。水中的人影掛著傻笑。
一看鏡子，更是可以清清楚楚地看到笑得很噁心。
這些人影全是我。
我現在，心情非常地雀躍。

第三章

「平凡至極的話語」

話說，我的想法是不是其實是錯的呢？

我最近開始對自己希望島村只看著我的願望，抱起了少許懷疑。島村僵硬的笑容，讓我的內心產生漣漪。我希望島村可以露出更溫柔的笑容。不，她總是笑得很溫柔，可是總覺得偶爾會笑得有點僵。

有什麼事情比一直注視著自己最珍惜的事物更重要嗎？

畢竟是第一順位。

而且我是她的女朋友。

……我是她的女朋友。

呵呵呵——我顧著竊笑的時候，班導也講完要事了。

我看向大大寫在班導身後黑板上的幾個字。

「……教育旅行啊……」

下個月似乎有這個活動。我一直到剛剛才知道有這回事。

小學跟國中時的教育旅行我真的沒印象了。甚至連去了哪裡都不清楚。我只記得當時想趕快回家。但這次不太一樣。

這次是跟島村一起出遊。這麼一想，內心的期待跟悸動程度就會變得截然不同。

旅行啊，真不錯……希望有一天可以單獨跟島村兩個人一起去旅行。

我跟島村四目相交。島村在上課前的短暫休息時間，透過來往的同學們之間的縫隙看我。她用非常低調的動作，輕輕對我揮了揮手。

光是這點小事，就讓我的內心慷慨激昂。

我也刻意讓自己的動作不要太大，對她揮了揮手。

第二學期開始以後，就算在課堂上，我也老是想著島村。呃，雖然跟以往沒有太大差別，不過現在想得更明確了。現在的我彷彿在欣賞綻開的花朵，總是看得見鼻尖存在著一種耀眼的東西。

總覺得只要鬆懈下來，就會不顧自己身在什麼地方，直接哼起歌。實際上，我在家裡哼著歌跟母親擦肩而過的時候，她就用很奇怪的眼神看我。她跟我說「妳心情不錯嘛」，於是我就說了句「普……普通啦」敷衍過去……我心裡微微有種很類似後悔的感覺，覺得是不是再跟她多說些什麼，或是先思考一下再回答她會比較好。

因為母親不怎麼主動跟我說話，我忍不住就慌了。

不過要是像島村的母親那樣對我太親近，也是挺困擾的。

島村是像媽媽。不只外表，個性也有一些相同之處。至於她的個性，總覺得隱約有種……我沒辦法講得很明白，但就是覺得她雖然很開朗，卻隱約有種淡泊的印象……我果然沒能形容得很好。

我一直在煩惱這些，而我完全沒聽進耳裡的課程也就這麼結束了。緊接著來臨的午休時間，我帶著包包前往島村的座位。島村收拾好文具，迎接我的到來。

我的第二學期到現在一直是過著一定會跟島村一起吃午餐的生活。

順帶一提，今天的午餐也是什錦燒。還剩下六片左右。

要等到吃完這些什錦燒，才能吃島村的便當。

『不然會很浪費嘛。』

島村也會陪我一起吃，所以我沒辦法耍任性。

我打開保鮮盒，放在教室的桌上，跟島村一起吃午餐。我早上有重新熱過，但當然到了中午就冷掉了。不過島村沒有半句抱怨，大口吃下什錦燒。

『因為是安達做給我吃的啊。』

她……她……

……是沒有這樣說。可……可是她應該是這樣想吧？我暗自抱著這種期待。

我慢慢吃著什錦燒，視線飄向島村的嘴唇。

就是那嘴唇「啾～」地親了我的額頭。

我頭很暈，沒辦法清楚回想起來，但那是事實。

身體噴出一股名為亢奮的泡泡，包覆住我的臉。

她說只會對我那麼做。這比任何事情都要令我激動。

而且那個角度，那個感覺……好讓人心跳加速。

彷彿我受到島村的懷抱，變成她的所有物……像是我們的腳一起踩在階梯上……我在說什麼啊。我自己也不懂，不過，我心裡就是有這種強烈的印象。

好希望她可以再那樣親我一次。下次一定要把那情景深深烙印在腦海裡。

一這麼下定決心，就不禁注意起她美豔的嘴。

「怎麼了？」

島村察覺到我的視線。「沒什麼，咩什麼（沒什麼）。」我左右搖頭跟筷子，撒了一個謊。

不知道島村是怎麼解釋我的反應，她笑說：「這樣啊，真拿妳沒辦法耶。」

「來，啊——」

她夾下一塊什錦燒，遞到我面前。

臉上還掛著像在惡作劇跟開玩笑的笑容。

咦！咦！咦。

在教室這樣……真的好嗎？我四處張望。

感覺沒有人在看，又好像大家都在看我們。也就是說，我根本看不出個所以然。

我暈頭轉向地面對島村伸過來的筷子。

筷子前端稍微戳到了舌頭。

之前曾發生這些事情。

是發生了這些事情，但我待在自己房間的床上，又覺得不可以太得意忘形。我考慮到之前曾在講電話的時候犯了大錯，如此勸戒自己。不可以變成那樣。

「不可以不可以，嗯。」

我利用拍打來克制回想到開始傻笑的臉頰，讓表情安分下來。

我在腳踏車停車場的時候又差點變成那樣，不過最後成功壓抑住了。我也有所成長了呢……呃，大概啦。

我起身握緊拳頭。

「……可是，嗯……」

接著又洩氣地癱軟下來，躺到床上。那是我自己的錯，也知道整體上來說是我的問題。

可是跟島村一起去那次夏日祭典的人，到底是誰？

不管島村怎麼說，我還是在意得不得了。

只要不解決這個疑問，我的心靈就永遠不會迎來平穩。

我想前陣子跟島村講電話的人也是同一個人。島村擁有我不知道的交友關係。雖然有是理所當然，可是──我在床上抱頭滾了好幾圈。

我害怕我不了解的島村。

我希望自己能夠喜歡島村的一切。

既然想這樣，那我就需要足夠的幹勁來除去所有我不了解的事情。

這就是我的「生活意義」。

可是太過火又可能會被島村討厭……分寸好難拿捏。要化解衝動也挺累人的。我在床上打滾。猶如要撲滅落到身上的火星那樣不斷打滾。

我像這樣跟自己的煩惱奮戰了好一段時間。

等確定內心的糾結跟慾望都精疲力盡得縮回心靈深處後，我才坐起身。

由於我剛才是毫不客氣地拚命打滾，頭髮都變得亂糟糟的了。

「好，我想見島村。」

想實現夢想，最重要的就是要腳踏實地。

於是，我馬上打電話給她。

為了盡可能把未知的空白填滿。

『好、好，有什麼事嗎～？』

島村聽起來像是躺著接起電話。最近隱約可以感覺到她是怎麼講電話的。

看來我也多少開始對島村有所了解了呢。我覺得有些自豪。

「那個，這星期天……」

『星期天怎樣～？』

「我們去約會會吧！」

『約會會是嗎？』

一急就結巴了。

「『會』應該可以少講一個沒關係……」

『哈哈哈哈，安達妳真謙虛呢。』

雖然被調侃了一下，不過島村說「是可以」答應了。

『這星期天對吧。嗯，我知道了。』

「啊，嗯。」

『不過妳也用不著打電話跟我說，明天到學校再跟我說就好了吧？』

說的也是。被這麼一說，我才發現。

可是，我現在就想告訴她。

「因為我才剛想到這個主意。」

『是喔……原來如此。總覺得這是很好的理由呢。』

「是……是嗎？」

就算不懂她為什麼這麼說，能被島村誇獎就不是件壞事。

『那，妳想去哪裡？』

「去哪裡……」

問我要去哪裡……

有哪個約會地點可以讓島村自然而然親我額頭？

有哪裡可以那樣？

「安達的眼神往上飄了。」

有哪裡可以那樣？

「喂～快去接待客人。」

有哪裡可以那樣？我手肘抵在桌上，抱頭苦思。再怎麼絞盡本來就想不到點子的腦袋，也不會擠出果汁。就算煩惱一整天，弄到都耳鳴了，也想不出什麼，只出現頭痛症狀。而且思考得太過頭了，甚至開始有輕微的反胃感。我說不定是第一次這麼認真思考一件事。

我癱在自己房間的桌上，想休息一下，可是最後又會開始煩惱一樣的事情。

真的有那樣的地方嗎？額頭咖啡廳。沒搞頭。額頭電影。感覺很無聊。額頭商店。那是在賣什麼鬼東西？額頭類的不太可行。這樣的話，就只能靠島村的身高比較高這點……咦，不對啊，記得我的身高比島村高。我完全沒有自己比她高的感覺，只覺得自己一直被她摸摸頭，哄說是乖小孩，但其實是我的身高比較高。

必須蹲下來的約會地點……哪有那種怪地方。那會讓島村身高變得比我高的地方……哪有那種輕輕鬆鬆就能讓事情合我的意的地方。不，說到底，我總感覺自己的想法從根本上就搞錯了。

我不該想著要跳進一個已經形成的情境中，而是該自己創造機會。利用自己的力量，以及手腳來創造。

應該說，我也不用做些拐彎抹角的事，直接拜託她本人親我的額頭不就好了嗎？我伸手想拿手機。呃，可是……這樣會不會很像怪人？沒問題嗎？不過我平常就很奇怪了……的確是平常就很奇怪啦，但我得要改正自己這種缺點才行……咦，那還是不要直接要求她比較好嗎？可是不說的話，就要想辦法找到約會的地方……呃，我該怎麼辦才好。我的腦袋跟眼睛一起陷入天旋地轉。總……總之，那個……打電話。打電話給島村吧。

最近就算放學了，也想聽聽島村的聲音。

總覺得我老是在找理由打電話給她。

沒有找半點理由就打電話過去，島村應該也會理我，但就會沒有話題。

現在我很恨自己竟然不成熟到連找個閒聊話題都不會。如果我以前多跟其他人交流是不是比較好？可是我不知道走上那條路能不能遇到島村。

雖然現在這樣有好有壞，不過就是走上這條路，才會有現在的我跟島村。

『來了來了。』

我打電話過去，稍等一下之後島村就接起了電話。

「啊，晚安……」

『感覺最近老是在跟妳講電話。』

「是……嗎？」

被她說中害我嚇了一跳，隨後我就這麼裝傻。

『是沒關係啦。那，今天有什麼事嗎？』
「我有事情想問妳……」
『怎樣怎樣？』
我先深呼吸，才接著開口。
「要到……才會……額……」
『聽不到。』
「這樣這樣那樣那樣……」
『我解讀不出妳在講什麼。』
要到哪裡約會妳才會想要親我的額頭？
我用「唔哇哇，啊啊」這種慌張的感覺詢問她。
因為太慘烈，就不提了。
『啥？』
島村音量之大，表達出她這一聲簡短的回應究竟藏有多深的困惑。
『妳這是怎樣啊……咦，慢著。』
島村表現出至今聽來最傷腦筋的反應。會這樣也是理所當然。
回想一下剛才說的話，我也不知道自己到底在講什麼東西。不過，那確實是我在煩惱的事情。

真不可思議。我的腦袋到底是怎樣的構造？
『簡單來說，妳想要我親妳的額頭嗎？』
「……對……」
到頭來，還是變成直接央求她。
『什麼嘛，妳跟我說的話，我馬上就……啊。』
「馬上就？」
我不放過她立下承諾的機會，這麼逼問她。
『我本來是那麼想啦，不過～我改變心意了。』
「咦！」
『反正妳好像會藉著約會讓我有那個意思嘛。』
島村以像是在惡作劇的語調，故意作弄我。唔唔……我心裡湧上一股焦急。
「我就是覺得辦不到才會直接問妳……」
『妳加油喔～』
島村一派輕鬆地為我加油。真是的……妳真是的！我急得不斷揮動手臂。
但老是央求她也很不像樣，所以我決定盡自己所能嘗試看看。
不論形式為何，既然島村替我加油打氣，我就想回應她的期待。
掛掉電話後，我看了看通話履歷。上頭徹徹底底的只有「島村」這個名字。

看著她名字出現的次數，才知道我的確一直打電話給她。

「欸嘿，嘿嘿嘿。」

現在不是顧著笑的時候。我指著月曆。

離星期天還有六天。也就是說，我急性子到在星期一就約好星期天的行程。

即使如此，時間還是不夠充裕。

要怎麼做？要怎麼做？要怎麼做？是我的話，我會怎麼做？

「把生奶油塗滿額頭之類的……」

想到很蠢的主意後，再次察覺到自己很蠢。我感受到深沉的絕望，用手掌蓋住了臉。我這麼做的期間，時鐘的秒針依然帶走有意義與無意義的時間，持續前進。

時間不懷任何迷惘。

放學以後，我強忍想衝到島村身邊的衝動，滿心雀躍地走出教室。一回頭，就看到島村正看著我，訝異得睜大著眼向我揮手。我回過頭。差點就想往回走了。但我硬是忍住衝動，往書店走去。

應該不會有雜誌寫著可以讓對方親自己額頭的約會方式，不過我在期待會不會有可以當作參考的內容。而且，我根本還沒決定要去哪裡。每次都去購物中心太沒新意了。可是，這種鄉下也沒別的地方好去。

我開始焦慮起來。可是有目標是好事。現在我感覺得到平時下意識又漫不經心地擺動的手腳的重量。當我大力甩動手腳，懷著強烈想趕快往前走的想法活動身體的時候，會有一股難以言喻的滿足感。我感覺到腳踏車跟自己深深連結在一起。

經過一座橋後，就抵達了書店。那是很久以前就存在的大書店，外表是像紅磚一樣的顏色。自從這裡小說禁止看白書，總是停很滿的停車場就變得能明顯看到一些空位。原本蓋在旁邊專門販賣遊戲跟ＣＤ的大間店面，不知何時變成藥局了。

我走進店內，逛了逛一樓。二樓是擺參考書、漫畫跟文具，所以我沒必要上樓。我也很久沒來書店了。我不怎麼看書，也沒用功到需要買新文具。不過，真的有約會特刊這種意圖直截了當的雜誌嗎？

真的有。

有夠直截了當的。還沒拿起雜誌，我的臉就先開始發燙。

開始找沒多久，我就找到想找的了。我拿起擺在顯眼位置的一本雜誌。選「女朋友特刊」可以嗎？就我的狀況……女孩子想要這樣的約會。是這種內容啊。島村她想要什麼樣的約會呢？

我的目的固然重要，但也得讓島村覺得特地出門一趟很值得。

「喔～」

我突然聽到正後方傳來一道聲音，腦袋差點變得一片空白。

心臟劇烈跳動的我轉過頭，又被嚇了一跳。對方的臉真的離我很近。

她像是在瞪人似的瞇細雙眼，看得出她視力真的很差。

「果然是達達。」

對方戴上眼鏡確認我是誰。明明在走過來之前把眼鏡戴起來就好了啊。

「啊……永藤。」

是不是該加個「同學」比較好？我們不是感情很好的同學，卻也不是完全不認識。面對島村以外的熟面孔，我沒辦法好好拿捏距離感。

就算我沒加上「同學」兩字，永藤似乎也完全不在意，只是過來看我手上的雜誌。啊，糟糕糟糕糟糕——我冒出了冷汗。要是拿著這種東西，會被她誤會。誤會？

「約會會？」

「啊，那個……也不是。對了，日野呢？」

「她說今天家裡有事情，就提早回家了。然後我根本閒閒沒事做。」

為什麼只是說自己很閒而已，就一副很得意的樣子呢？

是說，明明我是騎腳踏車過來，她到書店的速度竟然跟我差不了多少……太神祕了。

「順帶一提，我也沒有事情要找達達喲。」

「啊，這樣啊……」

真是個怪傢伙……不過，問永藤的話，她會給我一個好答案嗎？
她跟日野感情很好……感覺很像會親額頭……她們有在親額頭嗎？
因為也沒其他人好問，我決定當作這也是某種緣分。
我指了指手上的雜誌。
「我接下來要講的事情，跟這個沒有關係。」
特地講這種話，會不會反而顯得可疑？
「這樣啊，沒關係是吧。」
她為什麼這麼乾脆地就相信了？看她的表情，也看不出她是不是真的相信。
她跟島村是不同方面上的難以捉摸。
「是跟這個沒關係，那個……」
「嗯，島村怎麼樣？」
我還沒說到那裡。
「要讓島村……怎麼說，要讓她實現我的請求的話，就是……該說要讓氣氛變得很好……」
我該怎麼瞞著實情跟她說明才好啊。我繞了一大圈，差點要脫離自轉，就那麼衝到遙遠的遠方。我感覺自己的焦躁似乎化作大量汗水滑落下來。
「原來如此，也就是說，妳要跟島村決鬥是吧。」

「咦？決鬥？為什麼？」

明明我的說明也不夠完整，永藤卻表示了解我的意圖。她大概沒聽懂我想說什麼。

「不會錯。」

永藤語氣堅定地如此肯定。她怎麼能毫無迷惘到這個地步？而且她恐怕幾乎不了解我到底在跟她商量什麼。我覺得她不是在逞強，只像是沒有經過思考。

「然後贏了島村就可以讓她服從妳。原來如此～」

我懂我懂——永藤超隨便地點點頭。

「呃，不是那樣……不過，要說是那樣……應該……也可以？」

「可以啦可以啦～」

煽風點火的方式也很隨便。論結果而言，照她的講法或許是能達到我的目的……可是……對，過程上會有很大的疑問。決鬥是怎麼回事？

「要打倒島村的話，我可以推薦妳一個東西。」

「喔……嗯……」

「妳就用迴力鏢跟她決鬥吧。」

我一開始還聽不懂我到底聽到了什麼。

迴力鏢？

「……為什麼？」

「島村大概沒有在練習怎麼玩。妳現在只要稍微練習一下，就能贏過她。」

「要用迴力鏢砸她來打倒她嗎？」

「好孩子不可以對著人丟迴力鏢。」

永藤輪流轉了轉雙手手臂，指著我進行指導。

「不過達達好像是不良少女嘛？」

「我……不當不良少女了。」

明明我沒說過要開始當不良少女，卻被當不良少女看待，也是挺奇怪的。

「那就不能對著人丟了……其實迴力鏢也有很多競技方式喔。」

「呃，妳不用跟我詳細說明也沒關係……我也不會去玩……」

「我們馬上就去買迴力鏢吧。」

她說著「來，我們走！」抓住我的肩膀，我差點就被她拖著走了。我穩住身子停下來，也連忙要她等一下。

「我是有自己的迴力鏢啦……」

我有島村送我的迴力鏢。那個迴力鏢被我放在櫃子裡當裝飾，沒有拿來丟過半次。

「是喔？」

一聽到我說有迴力鏢，永藤的眼神看起來就變得雪亮。

「達達，妳有玩迴力鏢的興趣嗎？」

「沒有。」

我搖搖頭。「這樣啊……」永藤雙眼左右動了動。然後在隔一段空檔以後，無視了我的意見。

「想要打贏島村，迴力鏢是妳最好的選擇！因為我會幫妳特訓。」

「啊？特訓？」

「妳想贏過島村對吧？想贏的話就是要特訓，嗯。」

事情本來是這樣的嗎？

我滿腦子問號，但在永藤的認知中，似乎整件事大致上都說定了。

「那，我們現在就去特訓吧，達達。」

「咦，啊……嗯？」

「身上東西拿回家擺好以後就到那邊的公園，妳知道是哪裡嗎？妳知道啊，好～那就帶著迴力鏢到公園集合。」

我總感覺哪裡搞錯了。可是卻被不由分說的永藤強行帶進現在的局面。

我覺得自己被牽著走的同時，也懷著一抹不安暫時與永藤道別。

……迴力鏢約會？

那什麼啊？

話說，她一直到最後都只叫我「達達」，是不是不記得我的名字了？

我如此心想。

「歡迎妳來，達達。」

我確信她絕對忘記我的名字了。

我依舊穿著制服，不過永藤換過了衣服。她的上衣寫著「師父」兩個字。

「…………………………」

我暫且先裝作沒看見。

這座蓋在購物中心……一座寬敞程度微妙到我不知道該不該這麼稱呼，總之就是蓋在一間綜合購物大樓旁邊的公園裡，只有我跟永藤。雖然跟今天是平日也有關，但我覺得在公園玩的小孩的確變少了。

現在就是這樣的時代。

先不管這個，我從沒想到變成房內裝飾品的迴力鏢會有拿出來用的機會。我把迴力鏢拿給永藤看，她就「喔～喔～」地微微弄彎鏢翼，但她卻在途中疑惑起來。

「嗯？這個迴力鏢，哎呀呀……」

「怎麼了？」

「算了不管了。那，接下來要調整迴力鏢。」

永藤不斷掰彎鏢翼，開始進行調整。而我只是看著她動手調整。

「還請妳多多指教。」

我縮著頭跟永藤問候一聲後，她就「哼哼～」地表現出很得意的樣子。

她挺著豐滿的胸部，還有其實也不突出的肚子。

很容易就能看出她在強調什麼。似乎是要我用那個稱呼叫她。

「……師父。」

「呵呵呵……」

她好像很滿意。她其實只是想要我這麼叫她而已吧？

永藤拿的是三翼迴力鏢，在鏢翼邊角有幾個洞。

「我有調整過升力。」

「是喔……」

聽起來很專業。雖然我不打算認真踏入迴力鏢的世界。

「訣竅是要輕輕抓著迴力鏢，手腕也要放柔軟一點，讓迴力鏢能轉更多圈。」

「喔。」

「玩迴力鏢，迴轉就是一切！」

永藤突然加強語氣。

「掌控迴轉吧！」

「…………………………………」

「我只是想這麼說一次看看！」

「這樣啊……」

「也就是要扔出黃金矩形的迴轉……算了，還是別說這個吧。重點是要直著丟。」

永藤把調整好的迴力鏢交給我，然後這麼解說。

感覺之前也聽過這些話。

公園位在隔著一條小路的河川這一側。這個地方的遮蔽物頂多只有休息區附近用來擋太陽的陽傘，迴力鏢可以放輕鬆盡管丟。

「不好好丟有可能會受傷，還是專心一點丟吧。」

「好。」

我照她教的，把迴力鏢直著拿。

「這（說不定）是世上第一部女高中生玩迴力鏢的輕小說！」

妳有打算讓我專心嗎？

「咦，達達是左撇子？」

永藤看到我用左手握著迴力鏢，便這麼問。

「嗯。」

「那就要把鏢翼調成反方向才行。」

永藤說完「再借我一下」以後，把接過去的迴力鏢彎曲的方向弄成反方向。

「……嗯……」

雖然搞不太懂她這個人，不過她似乎是真的想增加一起玩迴力鏢的夥伴。日野不願意陪她玩嗎？原來就算一直待在一起，在某些事情上也會沒辦法理解彼此的想法。

我希望跟島村接納彼此的一切的這條路，似乎並不是那麼好走。

「風向……是這邊。往這邊丟吧。」

永藤把做好第二次調整的迴力鏢拿給我，也先確認了風向，再告訴我該往哪邊丟。看來迴力鏢也有很多學問呢。我本來以為只需要丟出去就好了。

「迴力鏢並不是用蠻力丟……要藉著旋轉讓它在天上飛。」

她又在說些莫名其妙的話了。我沒有多加在意，試著放鬆力氣來丟。

丟起來的手感很輕盈，迴力鏢就這麼離開我的手中。而我有點訝異迴力鏢飛得比我預料中的還高。在天上斜行奔走的迴力鏢在途中切換軌道，結束在公園內的散步。

迴力鏢朝著這裡展翅飛翔。

為什麼有辦法飛回來呢？真神奇。我不禁愣愣看著折返回來的迴力鏢。

迴力鏢回來是回來了，飛往的方向卻跟我站的位置離很遠。我眼睛追著它飛行的軌道，往旁邊一跑，勉強在途中用手夾住了迴力鏢。雖然我用手伸向前，而且微彎著腰的難看姿勢去接，不過這樣就可以了嗎？

我拿著迴力鏢走回去，永藤就「嗯」地點點頭。

「我無話可說。」

「咦。」

「幼鳥離巢的時刻總是來的很快呢。」

她露出目送徒弟離去的微笑。

原來這不是特訓，只是對初學者進行指導而已喔。而且期間出奇的短。

「啊～不過我跟妳說一件事好了。」

永藤用腳尖在我周圍畫出一個圓。大小差不多半徑兩公尺。

「妳盡量練習到可以在這個圓裡面接到迴力鏢吧。」

「要能做得到這樣嗎？」

嗯——永藤表示沒錯。

「妳就跟島村比誰能接到比較多次來贏她。其實本來要比接到再丟出去的秒數之類的，呃～反正簡單來說，只要能贏島村，要用什麼規則來比都沒關係。」

「啊，嗯……」

說到底，為什麼是以要跟島村比賽玩迴力鏢為前提？

我是不是問錯人了呢。

可是我完全想不到其他的點子也是事實。

「特訓就到這裡。而且我明天以後得要跟很閒的日野玩才行。」

「這……樣啊……」

她結束特訓的理由實在太中肯了。

「祝妳順利得勝喔～」永藤很隨便地替我加油以後，就離開了。她不是騎腳踏車，是用走的。

這麼說來，她之前有說過不會騎腳踏車。說每次都給日野載。

……好羨慕。我也好想給島村載。

可是現在才說我不會騎腳踏車，根本行不通。

當我想著這些，經過架在溪間的小橋時——

「辛苦了。」

突然有人跟我搭話，我就仰起身體抬起頭。

是島村。

「咦，島……島村……？」

島村為什麼……會在這裡？

「嗯？因為我剛剛看到妳和永藤走在一起。」

「這……這樣啊，原來如此。是……是喔～」

嚇我一跳。島村已經換穿便服，看起來像是去完哪個地方，在回家路上了。

她似乎沒看到我們剛才在公園做什麼。
「真稀奇，妳竟然會跟永藤一起玩。」
「啊～呃……嗯。」
島村直直盯著我看。然後——
「不過啊，安達。」
島村走到我旁邊，輕聲說：
「花心很不可取喔～」
咻——感覺自己猛然變得面無血色。
臉湊過來的島村揚著嘴角退開，也一副打心底覺得好玩的模樣。
「對別人那麼嚴格，對自己就這麼寬鬆，安達妳真過分呢～」
「那！那是……不是……才不是那樣！我心裡只有島村！」
「急著解釋感覺很可疑呢……開玩笑的啦～」
我拚了命地緊追著看我連忙辯解，就大笑出來的島村。

我有時候會幻想。如果，我沒有遇見島村會是什麼樣子？
那樣的我想必像今天這樣的假日，也是待在房間裡仰望時鐘的指針，就這麼度過一天。

連究竟是希望這段懶散的時間早點結束，還是希望持續下去都不知道。
我有時候會心想。如果，我的心意沒有強烈到甚至拋棄自我，會是什麼樣子？那樣的我想必即使喜歡的人眼看他方，也會接受事實就是如此。
會認為自己就是跟對方無緣。
不過，我現在走到了這一步。
島村的聲音讓我的心臟大力跳動。光是想著她，心裡就會滿溢出一股沸騰的情感。有種彷彿某個東西漸漸消逝的哀戚。有種對於無可奈何的事情抱有的焦急、壓抑，以及不耐。但我心裡存在著想要跨越這些情緒的積極意志。心中不論怎麼找，都無法找到的迷惘、憤慨與難以理解，促使我前去面對外面的世界。這一切都是島村帶給我的。
那就是我的一切。
於是，時間來到約會當天的星期天。
我的身體早早就因為睡眠不足而發出哀號。假日要跟島村見面的時候總是這樣，所以我有點習慣了。而等她的時候會覺得眼睛乾澀，是因為眨眼的次數變少了嗎？
以往都是一起去玩。今天是第一次約會。我不可能不緊張。
皮膚跟眼睛都快發出清脆的乾燥聲響了。
天上的雲很多，而那些雲的形狀最近漸漸變成了捲積雲。景色開始變化成秋天的模樣。仍殘存夏日炎熱的秋季，對我跟島村來說是代表開始的季節。而我們又要在這個季節發展出新的一層關係……這樣的話，明年秋天……我們會變成怎樣？我無法想像。

倒是在約會之前一直練習丟迴力鏢，真的是正確的決定嗎？

我是不是被永藤騙了（大概被騙了）？

唯有塞在包包裡的迴力鏢知道答案。

我們約好會合的地點是在顯得有些無趣的運動健身房前面。之前曾跟島村一起來過。

『要約在那裡啊。唔～是那裡啊……算了，無所謂啦。』

我很在意島村不知道為什麼聽起來不是很情願。

「嗨～」

而當事人島村揹著隨身體擺動的肩背包，前來赴約。

「……哇……」

仔細看看，她全身沒半個地方不可愛的。

肩寬、走路方式、腰際。就算被衣服遮著，也顯得很柔和、耀眼。

連鞋底都很可愛——我甚至會這麼覺得。

我感覺自己病入膏肓了。

「早……」

我才打招呼到一半，島村就大步靠過來。

「有……有事嗎？」

島村踮起腳尖，在非常近的距離下盯著我的額頭。

這麼快就要發生什麼不得了的事情了嗎？我的手指不禁開始開開合合。

「什麼嘛。」

島村立刻又縮了回去。

「怎……怎麼了？」

「我還以為妳會在額頭抹蜂蜜。」

「咳！咳！」

「哎呀，妳感冒了嗎？」

我沒事——我說著對她左右揮揮手。

不過，我還是決定問一下看看。

「如果我真的抹了，那個……」

「我會要妳去洗臉。那，妳要帶我去哪裡？妳想去的不是健身房對吧？」

「跟我來。」

目的地就在走過兩條行人穿越道，再轉個彎的地方。那是就蓋在附近的市營運動場。幸好似乎沒有企業球隊或俱樂部要來練習，所以沒有什麼人在用。頂多只有小孩子在角落玩傳接球。

「妳應該不是想兩個人一起來玩足球吧？」

島村先說著「應該不可能吧～」設好防線。可是她的語調跟眼神感覺像暗藏著類似懷念的東西，是我的錯覺嗎？說不定她很久以前跟別人做過那種事。

是跟妹妹玩嗎？還是跟那個我不認識的女生？

光是想像那種光景，就咬牙切齒到差點發出聲響。

「這個……」

我猶豫地從包包拿出迴力鏢。島村的驚訝，只持續了短短一瞬間。

「原來喔～」

「妳……妳是指什麼？」

「沒有，我只是察覺到妳是經過怎樣的過程才決定要玩迴力鏢。那，妳打算用這個迴力鏢來找回童心是嗎？」

「我想用這個……跟妳比賽。」

然後我贏了的話……就要這樣那樣。

島村看了看迴力鏢跟我的手，反芻著「比賽」這個詞。

接著，她「哼哼～」地勾起右邊嘴角。

「妳可真卑鄙呢。安達，妳事先練習了很久吧？」

「咳！」

因為太明顯，所以其實是理所當然，總之被她看穿了。要是她狠狠拒絕我說「這我怎麼

有辦法跟妳比啊」，該怎麼辦？我這一星期的所有努力很可能會化為烏有。

「妳真努力呢。」

……咦？我出乎意料地得到她的誇獎。

「那，我想想～那就妳來丟迴力鏢，如果成功接住了，我就跟妳比。」

島村坐到附近的長椅上，這麼對我說……咦？這樣就好了嗎？

島村好像超好心的？不對不對，島村才不好心——我繃緊了神經。

她的個性真的跟「好心」有那麼點不一樣。

「只能挑戰一次喔。」

看……看吧。她愉快地笑著加上很壞心的限制。

只有一次啊。雖然練習的時候大多可以接到了，但不是絕對接得到。

失敗率並不是零。

「就算失敗了，應該也不會……以後都沒機會了吧？」

「難說喔～」

島村露出意有所指的微笑……總覺得島村比以前更常笑了。

雖然這讓她更有魅力，但現在只顯得很壞心。

我擦擦手汗，狠狠直視前方。

要是有個萬一——

也絕不允許失敗。

加速的心跳引起身體的激昂，同時，我緩緩用扛在肩上的感覺舉起迴力鏢。

早早就接著流出的手汗沾濕了鏢翼。

要集中精神，回想起怎麼丟。

調整呼吸，然後……放鬆力道。

掌控迴轉吧。

師父的聲音帶著回音在腦中響起。

那聲音凝事到了極點。

去吧，去吧，去吧。

我膝蓋用力，轉移身體重心。

去吧——我準備做出命運的一擲。

手腕要放軟，往前……往前——

往前飛吧——我如此默念，扔出迴力鏢。

迴力鏢在天上翱翔。再來只要接住它就好。

要冷靜、確實地接住它。我眼睛追隨著迴力鏢的飛行軌跡，突然，迴力鏢跟周遭景色開始扭曲起來。我太過緊張，視野左右兩側變得狹窄，注意力都集中在自己的倉促呼吸上。振作點，現在是關鍵時刻。

我振奮自己，視線只持續看著迴力鏢。其他東西看不見也無妨。就算有隕石掉下來，我也不會去注意。我像是隔著一層紅色濾鏡，即使看得見眼前的世界，也全都要無視掉。我只需要專心看著最重要的東西，因為那就是我的人生態度。

迴力鏢開始折返。飛回來是最基本的條件。接下來才是重點。

就是這裡！我配合迴力鏢的動作，往旁邊奔跑。

我伸出手。

接住它，我就能有光明的未來，光明的明天。

我不知道為什麼陷入彷彿作物種子爺爺的心境，將手臂跟身體伸展到極限。（註：「作物種子爺爺」為《北斗神拳》中想將花費半年時間找到的種子帶回村中解決飢荒的老人）

然後——

啪的一聲。

坐在椅子上的島村接住了迴力鏢。

「……………………」

「啊，因為它飛到我面前，就忍不住……」

「……………………」

背上冒出的所有汗水一同流下，弄得我渾身發抖。

島村扭著迴力鏢的鏢翼，眼神游移。

「呃，那個……唔……就當作是愛的合作吧。」

「啊，對！就是那個，嗯……」

這種情況下，會變成什麼樣子？會變成什麼樣子？我會變成什麼樣子？

我身體發燙到流過鼻子的汗水都快蒸發了。

「那，這樣妳的行程就跑完了嗎？」

「咦，呃……這……」

這暴露出我太熱衷於自己的目的，導致行程計畫沒什麼內容可言。

「我不討厭妳這種沒有計畫性的作風喔。」

島村苦笑著替我打圓場。這話聽起來像是「但我也沒有說很喜歡」，我有點沮喪。

「這樣的話……我想想喔。我們就先吃午餐吧。」

反正也是該吃飯的時間了——島村沒有看時鐘，就直接這麼說。

決定今天要約幾點見面的人是島村。她說不定是預料到我的約會行程會馬上結束，才約在這個時間……她真體貼。我擅自解讀她的行為，擅自感到窩心。

「要買東西過來吃嗎？還是找地方吃？啊，我可以幫妳出錢。呃，我還算有不少錢。」

我幾乎沒有碰存起來的打工錢。因為沒地方好花。

「喂喂，安達，妳以為我是個因為看上妳的錢，才跟妳交往的傢伙嗎？」

島村深感意外地垂下眉間。才沒那回事，才沒有——我本來想立刻否定，不過我稍微加了把勁，嘗試表現出不一樣的反應。我有些小題大作地往後仰。

「原……原來妳不是那種人啊～」

「其實真的是喔。」

「咦！」

我試著開玩笑，她卻笑著承認了，害得我僵在原地。

「騙妳的。不過原來安達是有錢人啊，這樣啊～」

島村毫不客氣地盯著我看，上下打量我。她的視線劃過我的下巴底下跟太陽穴，好難為情。

「妳這種長相、財力，呃……還有外表。」

「……咦？」

「這就是所謂的優良物件吧。我可真有眼光呢。」

哈哈哈哈——島村把嘴張開到連牙齒內側都露出來，開口大笑。

「哈哈、哈、哈哈哈……」

就算笑得不太自然，我依然跟著她一起笑。

雖然她好像只誇了我的外表跟財力，不過我還是覺得心裡暖了起來。

「不過我們剛認識的時候，妳倒是還叫我跑腿呢。」

「咦！」

「但是今天不用去買沒關係喲。」

「咦？」

我維持著準備跑向運動場入口的姿勢僵住不動。

島村伸手到包包裡翻找，說著「鏘鏘～！」舉起手上那個東西。

「我有做便當來吃。」

「啊……」

就照我們當初約好的那樣——她把包著保鮮膜的三明治伴著笑容一起遞給我。

我感動到了極點，聲音在喉嚨裡面打轉。說不出話來。

我癱軟得搖來晃去，隨後輕輕坐到長椅上。

「只是很簡單的三明治就是了。我也不會做別的。」

呵呵呵——島村用笑容敷衍了事。當然，我就這麼讓她徹底敷衍過去了。

「哇……」

島村打開保鮮膜，裡面裝的東西在我眼裡就像聚集了許多七彩顆粒。

「來～吃吧。」

島村把夾蛋三明治遞給我。我本來想伸手拿，卻發現三明治被拿到我的嘴邊。這是……

也就是說——我直接咬下去。

「好吃嗎？」

在比臼齒更深的地方，牙齦開始散發出高溫，三明治的味道隱隱約約地消失在嘴裡。

「很……很……超好吃。」

「哈哈，聽起來好假。」

輕輕鬆鬆就被看穿了。即使如此，我還是說「很好吃，再給我一點」，要她再拿給我，並張開了嘴。

「嘿嘿～不過，就算只是客套話，被這麼講還是很高興。」

島村心情大好，把剩下的三明治猛力放到我的嘴裡。

剛好我跟島村在同一瞬間往前移動，看起來就變成是她把三明治塞進我的嘴巴。

我嚼著滿嘴的三明治，控制自己不要表現出快窒息的感覺。

「那個……島村。」

我吞下三明治，低下頭。

「可以問妳一個問題嗎？」

「妳要問什麼呢～？」

我該在島村心情好的時候問嗎？

會破壞掉現在的氣氛嗎？

我沒能做出判斷，就這麼開口詢問那件我實在很想問，也絕對要問的事情。

「上次的……呃，前陣子那次夏日祭典跟妳一起出去的……」

我發現自己講話速度愈變愈快，就先停下來吸口氣。

「是誰……」

我硬是抬起說到這裡就垂下的頭，看向島村。

島村稍微收起笑容，卻也是先嘆了口氣，就回答我的疑問。

「那是我以前就認識的朋友。她問我要不要一起去祭典。」

以前就認識……是認識的時間比我久嗎？

我不曾聽她提過。我都不知道有這回事。她為什麼瞞著我不說呢？因為沒必要說？沒必要對我說？可是我是她的女朋友啊。至少現在是，所以……呃。

我的表情差點就皺成一團。

真變成那樣，我就會在這種時候哭出來。那樣一來，就會讓很多事情跟著被搞砸。

認識島村以後累積的少許經驗，告誡快要隨著感情起舞的自己。

我深呼吸，整頓好自己的聲音。

做好最基本該有的樣子。

「以後就……只……跟我去吧？」

不行嗎？我戰戰兢兢地觀察她的反應。

島村掛著類似苦笑的笑容，「唔～」地眼神游移。

她說著「妳真是個傷腦筋的孩子耶～」，摸了摸我的頭。
她彷彿在觸摸鋼琴的琴鍵，一開始先是輕彈手指。之後再溫柔地摸摸我的頭。
……唔。
吞下想講的話以後，就只剩下——
「怎麼了？臉頰鼓成這樣。」
看來我總覺得對剛才她摸我的方式有所不滿，並不是錯覺。因為我的臉也在抱怨。
「因為妳的舉動好像一個媽媽一樣。」
「有嗎？」
她似乎沒有印象，注視起她剛剛摸我那隻手的掌心。
「嗯，可是，看著妳就會跟著冒出那種感覺呢。就好像是保護欲？那樣。」
「我不喜歡那樣。」
就算這種行為是來自島村，依然會有種不知名的排斥感先湧上心頭。
至少現在是這樣。現在我想尋求的是別的東西。
島村看見我這樣的態度，便用手指捏著下嘴唇，擺出稍做思考的模樣。
「這樣啊。那，妳想要我怎麼對待妳？」
她的語調摻雜著捉弄人的氣息。有如打一開始就知道我的答案。
我一定要說嗎？我用眼神這樣告訴她。

一定要——她用笑容拒絕我的求饒。

唔唔唔……

「像……像對待女朋友那樣……」

「喔～像女朋友那樣啊……」

島村站起身，繞到我的正前方。

她把手放在我的肩上，站在我跟太陽之間。

「像這樣？」

我不禁吞了吞口水跟少許的麵包屑。

「就是……像這樣。」

肩膀傳來陣陣痛楚。喉嚨綳得很緊，胃也好像被綁緊了似的難受。

「妳……妳試著慢慢來吧……」

這次，我一定要好好見證那一刻，讓那幅景象清楚烙印在雙眼裡。

「慢慢來？那，我就慢～慢的……」

島村的臉真的就這麼緩慢逼近我。

別說感覺會親到額頭，我甚至覺得她好像會直接來碰觸我的嘴唇。

貼放在長椅上的手緩緩像蚯蚓那樣亂動。

她撥起我的瀏海。

島村的嘴唇親上我的額頭。

撲通——我感受到彷彿凝結血塊從心臟滑落下來的震撼。

啊～啊～啊——

我聽到身體深處發出某人祈禱的聲音。那聲音比自己低上許多，也摸不清真面目。

我一直聽得見那道聲音。

視野開始變得朦朧。

島村猶如從水面上出現，漸漸恢復原本的輪廓。

「這樣可以嗎？」

哎呀～哈哈，真叫人害臊。

島村抓了抓臉頰，眼神左右飄移，打算退開我身邊。

我抓住想退開的島村的手。我堅定地仰望她，告訴她——

我的內心樣貌。

以及我的一切。

「我喜歡妳。」

「嗯。」

「我最喜歡妳了。」

「嗯。」

「拜託妳要……永遠陪在我身邊。」

「……嗯。」

不管我多努力想講些好聽的話，也只說得出平凡至極的話語。

即使如此，島村還是願意含著笑容，細心接受我所說的每一字每一句。

附錄「小社？來訪者」

我出門一下的時候，在回程路上發現一個眼熟的背影，便小跑步追上去。

當時暑假已經快結束了，夏天卻還沒結束。

只是稍微跑一下，全身就像被太陽灑下的雨淋到一般，滿是汗水。

「呀呵～」

我輕推她嬌小的背部。她看起來像在吃著什麼的圓圓臉頰轉了過來。

「嗯？」

「咦？」

轉過頭來的小社，有一點不像小社。

……咦？

「妳 想 做 什 麼 ？」

她用很奇怪的語調講話，舉起短短的雙手。她這麼做的時候，嘴巴也依然在嚼著東西。

「啊，沒有沒有……唔……」

從正面看，就一點也不像。頭髮長度完全不一樣，髮色也不一樣，眼睛顏色也不一樣。

長相也不一樣。而且比小社更嬌小。我為什麼會把她錯看成小社呢？真是怪了——我對自己感到疑惑。

唯一跟小社一樣的地方，是她的頭髮也在閃閃發光。

不過她的髮色不是小社那種水藍色，是銀色。

就好像跟現在季節毫不相干的雪積在光芒裡面，色調看起來很神祕。

「我把妳誤認成我的朋友了。對不起。」

我總感覺她的背影有點像小社……到底是哪裡像呢？

「什麼嘛，原來是這樣。」

跟小社不怎麼像的女生很乾脆地帶過這件事，準備踏步離開。唔～她根本不為所動。才這麼想，她就回頭走回來了。她那雙跟小社的水藍眼睛不一樣的深藍色眼睛，讓我感覺有如看著海底的景象。

「妳為何會認錯？」

她慢了好幾拍才這麼提問。與其說她是個很獨特的人，應該說她好像很我行我素。

「我總～覺得看妳的背影就跟我那個朋友一模一樣，應該說我還以為妳就是她。」

「跟我長得一模一樣？」

眼前的女生不知道是不是對我的形容有頭緒，她歪起頭，開始用手指數數。不曉得是在數什麼，她不斷彎下手指，重複數了非常多次。感覺她這個行為跟以前的小社很像。

「要把我誤認成別人滿困難的。我想妳徹底認錯人了。」

「咦？」

「嗯，我想起更多原本只想得起一點點的事情了。謝謝妳。」

那麼再會了——那個女生大動作地揮揮手，用跑的離開。她小聲說「記得是走這邊」，轉彎往右跑去。還留下了比夏天陽光更虛幻的微弱光芒軌跡。

「……呃……」

剛才那個女生是怎麼回事？

我記得她前往的方向上有墓園。

「這樣一來，我的心情……也舒暢許多了。」

「…………………………」

小社在房間角落悠哉地看著姊姊的漫畫。小社看書的時候，會像在朗讀那樣把書裡的台詞說出來。我之前問她為什麼，她就回答「這樣會看得比較順喲」。小社不會受到各種事情的束縛。給人的印象輕飄飄的，也難以捉摸。

她今天也是不知不覺就出現在家裡，好像很理所當然似的隨意待著。

我連她從哪裡來，又回到哪裡去都不知道。

「雖然不太懂故事內容在講什麼，不過這很適合拿來學習地球的語言。」

小社把看完的漫畫放好以後，就靠過來我這邊。

「小同學，妳的作業寫完了嗎？」

「嗯～還要再一下。」

我總覺得因為有假期就出一大堆作業一定是哪裡搞錯了。

根本不能休息。

「真可惜。」

小社手腳並用地迅速爬回去。接著，又躺到地上拿起漫畫。

而且小社也真的沒有去學校……太神祕了。

雖然很羨慕她沒有作業，可是這樣小社的將來沒問題嗎？我很擔心她要是變成像姊姊那樣的不良少女，不是會過得很辛苦嗎？不對，既然她沒有去學校，那說不定已經算是不良少女了。

我轉過頭。橫躺在地上的小社，頭髮都披散在地板上。明明髮色本身算深，卻因為帶著強光，所以反而顯得顏色很淡的水藍色。那跟偶爾會在沒有雲的遙遠藍天底下看到的那個顏色很像。

現在已經習慣了，所以變得不會去在意她的髮色，不過有時突然仔細看看，就會覺得她的髮色其實很誇張。

我不小心就看到出神了。

小社不知道是怎麼解釋我這道視線的，她站起來，發出「呵呵呵」的笑聲。

「我都明白喔，小同學。」

「咦？」

「妳竟然會發現這袋煎餅，眼睛還真利呢。」

小社從衣服內側拿出裝煎餅的袋子……我根本沒發現就是了。

「竟然用『盯到讓人看我之術』，原來小同學也會這招啊。」

「盯？……有嗎？」

「是啊，而且是一直看著我喲。」

我有看著小社那麼久嗎？不知道為什麼好難為情。我本來想說才沒那回事，可是看看作業的進度，就覺得我說不定真的看了很久。

「來，吃一點吧。」

小社打開裝煎餅的袋子要給我吃。那，就休息一下吧——於是我離開了桌子前面。

煎餅明明收在小社衣服內側，而且她還躺在地上，卻很神奇的沒有被壓壞。小社有好幾次都讓我見識到超出我所知的某種東西的事情。還是說，奇怪的其實是煎餅？我咬下去，就感覺到微甜的砂糖醬油味在嘴巴裡擴散開來。

「好吃好吃。」

小社用看起來比我還要享受十倍的模樣吃煎餅。笑容的燦爛程度完全不一樣。

看著看著，就隱約覺得某個位於內心深處的東西浮上來了。

因為被灌滿比水還要暖一點的東西，便漂在表面上。

「前陣子我把其他人誤認成小社了。」

「唔唔？」

小社的視線轉到我身上。她的眼睛顏色，也一樣在我不知道的世界裡散發光芒。

「明明一點都不像，卻覺得好像哪裡跟小社一樣……」

「跟我長得一模一樣的人是嗎？我想也確實有這號人物吧。」

她一邊說著「有有有」，一邊咬碎煎餅。

「我製造自己長相的時候有參考別人的長相，所以有跟我長得一模一樣的人喲。」

「是……是喔。」

「沒錯。」

小社大口吞下煎餅。她若無其事地說出了「製造自己長相」這種不得了的話。

就算我觀察她的表情，想確認她是不是認真的，她也只是一直掛著很幸福的鬆懈表情。

她總是這樣。

所以，小社那段話大概——

「小社妳真的是外星人嗎？」

「當然……」

她語調堅定地說到這裡，就暫時沉默了下來。

小社的眼睛不斷轉動。接著，就揚起嘴角，露出開朗笑容。

「其實不是。」

「其……其實？」

「我只是個隨處可見的年輕小伙子喔。」

「年輕小伙子？」

我是不懂她這句話的意思，但至少我知道小社這樣的人不可能隨處可見。

小社說著「因此……」，把裝煎餅的袋子收起來，然後再次躺下。她這樣是什麼意思？是想藏住煎餅嗎？不過我覺得已經太遲了。

就算回到桌子前面，我還是會忍不住轉頭看她。

小社的頭髮跟眼睛的表面，流過一道白浪般的光芒。

「今天不能再吃煎餅了喔，小同學。」

漫畫另一頭的小社，眼睛看向了我。

「啊，嗯。」

我連忙轉頭面向前面。

「明天再來。」

我聽到她不斷揮動雙腳的聲音。她急著要邁向明天嗎？
真像小社的作風。
而我明天，也會再次跟那樣的小社見面。

「今天的島村同學」

假設，我們考的不是同間學校。
體育館沒有二樓。
我比現在稍微正經一點——
即使如此，我跟安達之間還是會產生一些什麼嗎？
邂逅跟命運這種東西，實在很耐人尋味。

第四章

「許下小小願望」

我睡覺都睡得很熟。
大概是因為這樣，才會比其他人夢見更多夢吧。
那是否成了某種精神食糧？我到現在都還得不出答案。
為了確認答案，我打算睡一覺。
呼咕。

不知道是誰曾經說過。
夢境是環繞著夜晚的冒險。
妳暑假的時候大概不管是早上還是中午都在睡覺吧——不過這不是那種不解風情的話題。所謂夜晚，即是人的心靈。既黑暗，又遠大遼闊，但有時可以看見光芒閃耀。
那道光芒，人們稱之為回憶。
若沒有回憶散發的光輝，人的心靈就會落入一片漆黑。
會變得無法前往任何地方。
在那片黑暗之中，我聽到有人在呼喚我。

小～島。

轉過頭去，看到的是一片藍天。

只要自己希望，夢境一直會是明亮的。因為夢裡充滿了鮮明的記憶。

年幼的樽見跑了過來。樽見很乾脆地就從我旁邊經過。她跑往的方向，可以看到年幼的我。我對那個自己沒什麼印象。那時的我還不在意自己的長相，眼睛總是看著周遭的世界。

啊，那時候的我是這個樣子啊。我跟著她們兩個走。

用不著跑，只要稍微走快點，就能輕鬆追上她們。

這讓我實際體會到那時候的自己真的很嬌小。

手腳那麼短，不會不方便嗎？那樣有辦法伸手抓住自己想要的東西嗎？

我們走在離家裡有些距離的一條路上。路上沒有車，仔細看看周圍，就發現建築物不是以前的樣子，而是跟我現在的記憶一樣。沒有變的，就只有頭頂上很藍這一點。我試著伸出手。不論是現在，還是以前，我都完全搆不到天空。

小樽，咕咻咻。

年幼的我發出奇怪的……不知道是在笑還是怎樣，她發出了很奇怪的聲音。咕咻咻是啥鬼啊。

小島，啊哈哈哈哈。

不曉得是什麼事情那麼好笑，樽見放聲大笑。聽見她這道笑聲，我就想起我們確實有過這樣的對話。可以從中感覺到光是用笑的，就能溝通的那種牽絆。

醒著的我，幾乎不記得跟樽見之間的回憶了。只有在夢中才能遇見那些回憶。樽見只要一不注意，就會掛著鼻水。跟現在相比，以前的她表情算是相當少根筋。要是跟當事人這麼說，她可能會忿忿不平地回答才沒這回事。雖然我們最近都沒見面。

這麼說來，自從上次很冷淡地掛掉電話之後，就沒再聽到她的聲音。

我們聚在一起，又分開，又接近彼此，接著又遠離。

我們又會漸漸變得疏遠嗎？

但是，那說不定也是無可奈何。

要是偷偷見面，還被安達發現的話，安達會哭出來。

安達在我心目中的印象也終於開始像是女朋友了呢。

那我呢？我有辦法好好當她的女朋友嗎？我也替安達實現不少願望了，應該沒問題吧。

不過，安達對我的好感偶爾會加深到很恐怖的程度，我還不知道自己能不能跟上她的步調。

我沒有像她那麼渴求愛情。

因為我知道其他很多種形式的愛。

小島，今天要去哪裡？

「是去哪裡了呢～？」

這個嘛～去學校操場。

「喔，有有有，有去那裡。」
那時候我跟樽見一起到附近的小學操場玩傳接球。當時很少鬧出問題，管制還很鬆散，所以校外人士可以在假日的時候輕易進去學校。
畢竟我當初最喜歡玩球了嘛。
樽見也常常陪我一起玩。
她當初是不是很喜歡我呢？我很自戀地這麼想。
可是小樽妳喜歡的那個我啊，沒辦法永遠跟妳在一起。
「…………………………………………」
哎呀？
年幼的我轉過頭來，看了我一眼。
嗯~我知道。因為小島跟其他人變得很要好之後，就會拋棄我嘛。
年幼的樽見也轉過來看我。她收起雀躍的笑容，冷淡說道。
我想起曾在哪個觀光景點摸過的湧泉所傳來的冰涼感。
就是明明是夏天，卻能讓人打心底發寒的那種感覺。
小孩子一旦感到厭煩，表情就會變得既純真，又冰冷。
「妳說拋棄……算是妳說的那樣嗎？」
面對內心愧疚所產生出的幻象，我苦笑著這麼問。

人際關係並不是單方面扛起來搬送給他人的東西。不對，反倒是因為打算只讓我來搬送，才會在途中失手弄掉了吧？

妳以為我是能夠小心翼翼地扛起那種東西的人嗎？

以為常常因為到處亂跑而去撞到額頭，做事粗枝大葉的我辦得到？

很可惜，我就是那麼認為～

年幼的我擅自回答。

不過沒關係喔，小樽。小時候的我會陪在小樽身邊。

會永遠陪著我嗎？

嗯，永遠。因為我們永遠都是小孩子嘛。

說完，年幼的我就牽起樽見的手。樽見心滿意足地吸了吸鼻水。

這個我還真有哲學性。

不過這到底是怎麼回事？

我能理解夢裡出現我記得的對話。

但是樽見不存在於過往回憶的話語，究竟是從哪裡冒出來的？

照理說站在夢裡的我會產生出劇本，我卻四處都找不著。

夢境這種東西究竟是誰創造的？

我抬頭仰望天空。環繞著這片天空的彼端，存在著創造夢境的某種存在嗎？

某個我不認識，卻能偷窺我的記憶的存在。

抬頭看著看著，意識就在不知不覺之間浮上了表層。

我做了這樣的……嗯，一場夢。

雖然我早就察覺到了，總之只要夠專注，其實意外可以晚一點才從夢中清醒過來。無法斷言夢境是種幻象，是因為夢境有時候會讓人看見過往。連這個都被解釋成幻覺，那我可受不了。

室內現在還是一片漆黑。我是很好入眠的人，很難得會睡一半醒來。

我立刻躺下來，試試看能不能睡著。

「呼咕……」

成功了成功了。

我又回到了同一條道路上。今天的夢就好像在看一場電影。

「不過應該是很無聊的電影就是了。」

以旁人角度來看，就只是看我一直在走路罷了。想必會顯得很無趣，讓觀眾不會去想像在鎮上跟我擦身而過的人們過著怎麼樣的人生吧。樽見跟年幼的我也不見了。

她們一定是消失在這幅景象當中了吧。而且是兩人很要好地一起離開。

回憶會持續守護著在現實中失去的事物。

我感覺已經沒辦法好好跟樽見相處了。我們難得再會，重修舊好……應該說又變得很要好了，我們之間的關係卻即將再次迎接中斷的命運。這種事情連我都感覺得出來。要維繫這段關係，現在就必須展開行動。但是有一股力量拉住我的手，硬撐著不讓我走。

是安達。

會變成現在這樣是因為安達。

我的人際關係，因為安達而出現一個缺口。

冷靜想想，這還挺不得了的。安達的存在正在侵蝕著我。她會無視我的心情跟心態，試圖立下一些規矩。

安達連面對我，都不算公正。

而就是她不夠公正的心態令她產生強烈的熱情，促使她做出行動。

我羨慕、厭煩，卻也喜歡她那股猛烈的熱情。雖然講起來很矛盾，不過這些全是我的真心話。人的意念總是會像這樣，立刻失去統合性。難怪人心顯得複雜離奇。

可是安達就沒有半點矛盾。她就只是率直表達自己的心情。

她的感情沒有經過加工，彷彿原石。

若說我是被安達的某種魅力吸引才喜歡她，或許就是她這種地方。
一道白影跑過我的腳邊。
猶如風化成實體一般奔馳的那道背影，還有牠蓬鬆的尾巴——
是小剛。而且明明上了年紀，腳步卻跟身體很健康的時候一樣穩健。
真是聚集了所有好處的夢。
牠迅速拉開跟我之間的距離。
「嘿嘿嘿，好有精神啊。」
明明長這麼大了，卻能像隻小狗一樣。
作夢真好呢。
有種不知道是想追著小剛跑，還是想哭出來的心情在心裡來來去去。煩惱到最後，我是哭著去追牠。這裡沒有人看著我，也沒有人知道這個地方。
所以不管他人眼光，直接哭出來也無妨吧？
想必醒來以後，連我自己也不會記得這件事。
我盡全力奔跑。身體像是拿掉了肺一樣輕，也因為沒有呼吸，沒什麼真的在跑的感覺。
不論我再怎麼跑，都不像有往前進。
事實上，我跟小剛之間的距離一直沒有縮短。明明這條路應該不長，卻看不見盡頭。
但這樣就好了。

永遠追不到牠也沒關係。

眼前景色有如漩渦那樣開始旋轉，扭曲起來。

周圍漸漸變得淡薄，小剛跟城鎮的輪廓幻化成白色，愈發銳利。

腳邊也彷彿把紙張捲起來那樣，準備顛覆過來。

現在要追小剛很困難，而小剛，還有我，都準備從夢境中消失。

我不想要我跟小剛消失。

我不想……去其他任何地方。

這次一醒來，就看見了灰色的光芒。可以從窗簾縫隙之間窺見淡淡的黎明。

不久後就是一天的開始了。要直接起床做做體操，等家人醒來也無妨。

可是就這樣起床也……我翻了個身。

一轉身，就發現不知道是不是打呵欠的時候流眼淚了，眼角跟臉頰熱熱的。

再怎麼說，也不可能繼續睡下去了吧。我發起呆，隨後閉上眼睛。

「呼咕。」

我的字典裡沒有不可能。

這次沒有任何人等著我到來。

「只有我一個人啊。」

這一如往常。

話說我可真會睡耶。我往頭頂上看去，對自己感到傻眼。

要是一天睡上十三小時，就已經是夢境裡的居民了吧？

夢境反而會成為現實。

那樣能從許多煩人的事情中解脫，或許也是挺不錯的。

要說有個問題，就是在夢裡沒辦法睡覺吧。

會失去人生的一大樂趣。

先不管那個，我的周遭是一片黑暗。是足以遮蔽黎明光芒的濃厚黑暗。這裡黑到我看不見自己在周圍揮動的手，連自我都快變成朦朧不清的存在。

我移動下巴環視周遭，也找不到半點光明。是一場沒有回憶的夢。

我隨便用腳動一動。腳步聲很遠。連是不是真的有地面，是不是有踩在地上都難以判斷。好像腳沉下去了一樣，又好像景色在上下擺動……我有在前進嗎？

雖然只是我的想像，不過安達的夢應該也是這樣子吧？感覺她沒有多少好的回憶。還是說，她的夢境是像掛著照片一樣，周遭滿滿掛著我的臉呢？安達自己可能是很開心啦，可是那樣有點恐怖。但那說不定就是安達想要的世界。

安達應該只需要我就夠了吧。只要能跟我兩個人單獨生活下去就好。可要是安達說就我們兩個一起走到天涯海角的話，我會拒絕。她逼我跟她獨占整個世界的話，我會否定她。要是把整個世界縮減到那個地步，我不如自己孤獨一人。

我想拋棄所有麻煩的東西，獨自走下去。

陪伴安達，到底也僅限於有許多人存在的環境之中。

因為只有我們兩個的世界，就像是在這種地方生活。

既煞風景，跟剛才夢到的美夢也是雲泥之別。但這就是造訪我內心的東西。

熱鬧又快樂的時光——

猶如一陣非常溫暖的風，而在這陣風吹過之後來臨的溫差，卻會產生寒意。

愈是平穩，就愈是會忍不住放遠視野。愈是順心，就愈會強烈意識著破滅的可能性。這種心境招來的黑暗，讓回憶離我遠去。

回憶被灌入名為時間的水，就會被稀釋。

唯有這件事無法阻止它發生。

想留下回憶，唯一的方法就是把它變濃。不過要是弄得太濃，總有一天會開始漸漸跟原本的回憶產生出入。我的回憶，現在還算得上純粹嗎？

不曉得漂蕩了多久以後。

我看見了光芒。有一道淡淡的圓形光芒，飄浮在空中。我很好奇那是什麼光，就走了過去。

「…………………………」

很眼熟的一顆頭正不斷擺動。

「還沒有要吃早餐嗎～？」

「……妳老是想著吃的耶。」

「喔～倒春笑姐（島村小姐）～」

為何要用很奇怪的外國腔叫我。轉過頭來的這個人是社妹。

「蠢春～笑姐～」

「我才不蠢。妳倒是出現得好像很理所當然一樣耶。」

居然就這樣出現在別人的夢裡。而且還是來催早餐的。

「這簡單啦。」

社妹上下揮動手臂。多虧她頭髮散發的朦朧光芒，我甚至可以看到她的表情變化。

「妳還很想睡嗎？」

她好像有理解到這是什麼樣的地方。真是個怪傢伙。

「再睡一下下。」

「那，我就陪妳一下吧。」

社妹踩著輕快腳步跟我同行。一走到她旁邊，就好比拿起火把或燈光，讓我在微弱的光芒下現形。現在變得可以隱約看見腳下，也能聽見走路的聲音。

「嗯……」

怎麼說，感覺好清晰啊。不像是一場夢。

「我們之前也有一起散步呢。」

走路輕快的社妹露出燦爛笑容。

「咦？」

「我不是讓妳騎在我的頭上嗎？」

「啊，喔～對，的確有那回事。」

她說的是在空中散步的那時候。

「妳怎麼會知道？」

「因為我記得呀。」

唔。這回答聽起來暗藏他意，不過感覺實際上並沒有那回事。

在社妹的光芒引導之下前進到一個地方，就看見眼前浮現一道人影。看那副打扮跟顯得很傲慢的不悅嘴角，我立刻就知道那是誰了。也忍不住因此發出「唔呃」的聲音。

那是國中時期的我。而且是個性變圓滑之前，才剛上國中沒多久的我。

「我不太想看到這段時期的自己啊……」

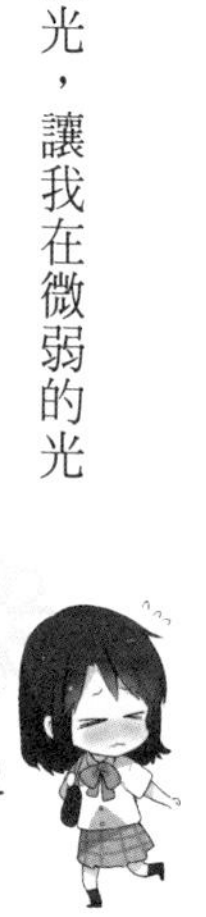

但是我不能不去看她。社妹正往她那邊過去。

要是跟丟社妹，又會回到一片漆黑之中。

「那是……稍微年輕一點的島村小姐。」

「嗯～妳這麼說也是沒錯啦。」

我很想跟她說「我現在也很年輕好不好」。我的外表跟當初沒有太大差別。只是當時的我像是對什麼事情很不滿，表情很尖銳。身上穿的是籃球社的制服。而且正惡狠狠地盯著我看。

眼神好凶啊。這也難怪會沒人愛。

「看起來在生氣呢。」

「是啊……到底是什麼事情讓她那麼不開心呢。」

那時的我孤軍奮戰。跟什麼東西交戰？仔細回想一下，也想不出個所以然。最大的敵人是……不滿。當時我努力面對、抵抗，也試圖跨越許多無法順心如意的事情。人際關係、社團活動、成績、父母——全是敵人，而我則是只仰賴自己的力量，莽撞地對抗這些人事物。

那樣的我把球扔了過來。她丟得很突然，周圍又很暗，所以我沒能接住球。看她這麼用力地把球扔來，我很想跟她說「妳搞什麼飛機啊」。不過社團夥伴們的心境想必也是像我這樣，有如被一個看不清楚長什麼樣子的傢伙傳球。

想到這裡，我就提不起勁對年少輕狂的自己說教。

因為這正是青春期的正常現象。

「這夢還真是讓我看到很不堪入目的東西啊。」

那是一段會不斷刺激羞恥心的過往。

這時的我心中凝結出強烈的自我意識，之後又耗費一段時間讓它變得更堅固。最後因為乾枯掉，現在就變成這種人了。我從那樣的我旁邊經過。本來以為會被吐口水，不過她沒有對我做什麼，直接讓我走過去。即使如此，她想必也已經對現在的我感到幻滅了吧。

「好丟輾（好丟臉）。」

「什麼事情好丟臉？」

「不過就是因為那時候的我燃燒殆盡了，才會有現在個性這麼柔和的我呢。」

怪人「嫌麻煩星人」就此誕生。到底是怪人還是外星人啊。

但是，就是因為這樣——

才顯得我國中生的一面，其實是正確的。

努力奮戰是生存上不可或缺的一種心態。

就算是面對目前最大的敵人——嫌麻煩，老是選擇逃跑的話，總有一天還是會被逼入絕境。

老是帶著刺，很叫人難為情的那個我是對的。

要面對那個我需要勇氣，但在夢裡的話，不管我再怎麼痛苦、羞恥、嫌惡、哭喊，都不

會有任何人知道。我可以不加修飾，坦率地表現自我。

「好閒啊～」

這傢伙就……嗯，就當作是例外。

「我覺得挺讓人靜得下心的……妳討厭這裡嗎？」

「點心吃起來不甜，所以不喜歡。」

社妹「唔呼～」地嘆出覺得遺憾的一口氣。

「夢裡不甜是嗎……可能真是妳說的那樣吧。」

當事人大概只是說出事實，並沒有在話中加入精神面上的含意。

回憶會讓人傷感，卻不甜美。

反倒會深深劃開心靈。

有很多被虐狂喜歡被人那樣傷害和攪亂心思，而我也不否定他們的思維。

嗯，是不甜美。

我抱著這樣的自覺，握拳面對黑暗。

接著連那片黑暗，都開始逐漸消逝。被逐漸處理掉。

「好像差不多要醒了。」

夜晚即將結束。充滿刺眼強光，有些麻煩的世界開始顯露它的樣貌。

「看起來是呢。」

社妹開始往天上飄去。我忍不住「噫」了一聲。
不要毫無理由地就飛到天上去啦。
「我會在另一邊等島村小姐跟甜甜圈喔……喔……喔……」
她的聲音不知為何有回音。
雖然弄得像是要分別很久，不過我有預感等我起來以後，她大概會很理所當然地出現在家裡。
算了，這樣也沒什麼關係啦。
「而且也有受到她一點照顧……」
如果我還記得，就買一個甜甜圈給她吧。
雖然那傢伙絕對會抱怨只有一個不夠吃。
我從夢中清醒過來。忘記了煩惱許久的思考，以及一切。
無法感應到的東西，至少是漸漸從我的世界之中消失了。
所謂永遠，是持續到我的一生結束的那一刻。
有限的永遠。
我轉過頭，就看見狗跟小孩子，還有小孩子。
那是我想要加深交流，好好了解彼此的人們。
就算現在失去了，我也不想遺忘他們。

每當我思念他們，心裡就會萌生特別美麗一點的感情。

我由衷希望——那就是對我而言的永遠。

伴隨著一股腦袋被緊緊壓迫著的感覺。

我猶如起死回生一般——

回到這裡。

「……有電話。」

叫醒我的，是電話鈴聲。我慢慢從被窩裡爬起來。時鐘正好就在牆邊，我抬頭一看，發現時鐘的指針回溯了大約一小時。我先是一陣茫然，然後領悟到發生什麼事。

我好像睡了十一個小時。何等充實的一次假日的開始。

先不管那個，我對著持續響鈴的手機回應一句「來了來了來了」。

在確認是誰打來的之前，我就有預感大概會是安達。

安達的存在不讓我睡上十三小時，把我拉回現實。

我想起之前好像也有這樣過，不過現在我的心靈比那時候更加雀躍。

我站起來走了幾步，因為睡太久而感覺很沉重的腦袋就好比雲霧散去，漸漸清晰起來。

像是分布不均的血液流過全身上下。我感覺手指有些微的麻痺。

總覺得今天睡得很熟，夢到了很多夢。
但是那些夢全部混在一起，我不太記得到底夢到了什麼。
反正是發生在腦袋裡面的事情，忘了也不會怎麼樣。
就算記得，也不會有什麼東西發生重大變化。
只要能感覺心靈變得清澈一點，足以積極面對現實就夠了。
現實是個要跟眾多麻煩事對抗的地方。是個光想就會覺得麻煩的世界。
不過，這個世界有人願意陪我一起奮戰。
我不是孤身一人。
現在我會對這件事感到很高興，覺得還不壞。
「……喂，安達嗎？好、好，我記得，要約會嘛……嗯。」
接起電話的自己，聲音聽來有些開心。
會被安達發現嗎？
被比任何人都更注意我的她發現。
希望她不會因為發現這一點，就故意捉弄我。我在心裡許下這個小小願望。

「就在這個世界之中」

聽說這個星球三天後會毀滅後，我決定來一趟兩天的小旅行。

我很好奇只熟知出生城鎮的自己，能在有限的時間內到多遠的地方。畢竟俗話說心動不如怎麼樣的，我馬上就離開了家裡。我打算旅行兩天，第三天則是跟家人一起度過。所以我要用一天行走，再用一天回來。

因為世界要毀滅了，所以電車沒有在行駛。電車不再繼續前行了。我認為停下來也有停下來的好處。不過我想要前進看看，因此只能靠自己的雙腳。

我為什麼在往前走？

我現在幸福嗎？

明天會是更美好的一天嗎？

我按順序思考幾件事，默默地繼續向前走。

晚上，我走到自己看到的一座公園。那裡就是我這趟旅程的終點。

這是我不曾見過的公園。就算跟其他公園的景色沒有太大差別，依然是未知的世界。

能走到生活圈外的環境，就夠暢快了。

而我在我人生的盡頭，遇見了那個女生。

她揹著跟我的很類似的背包，似乎連目的都很類似。

我們先跳過了自我介紹跟問候，而光是這樣就跟她聊開了。

「妳有帶點心之類的嗎？」

「嗯～甜食的話，是有帶一點。」

我們兩人一起放下背包。然後彼此交換幾個自己帶來的糧食。

這個女生好像也沒有決定好目的地。

「我沒有特別要去哪裡，就只是一直走著而已。現在是因為累了，在休息。」

她的黑髮在夜晚之下飄盪。側臉像是把冰塊削得很薄一般虛幻。

「我打算明天回去家裡。」

「是喔。」

「妳不回去嗎？」

「不回去。」

「是喔。」

「妳在學我嗎？」

她的嘴角微微勾起笑容。她的態度中存在著和夜晚很相像的冰涼。

「既然沒有地方好去，那要不要一起來我住的鎮上看看？」

我抱著旅行就是要有旅伴的想法邀她同行。反正看著一樣的景色走回去也會膩。機會難得，就該玩得開心一點嘛。

那個女生晃著腳，低頭笑道：

「那樣……或許也不錯。」

看來明天會是比今天更美好的一天。

「噯，妳叫什麼名字？」

這或許是從現在到人生結束為止，最後一次報上自己的名字，也是最後一次知道別人的名字。

這個名字帶有意義的時間只有三天……不對，是只剩兩天。

即使如此，我還是想知道她的名字。

就算預言是假的，其實明天就會死了，我大概還是會問她的名字吧。

因為我認為若我注定得跟這顆星球一起沉眠，那在這裡遇見這個女生，想必也是命中注定。

對人類來說，還有些遙遠的未來……不過，對於活在當下的我來說是現代，所有事情都顯得理所當然。

所以其他星球的居民要移居到我們的星球，我也不怎麼在意。比我年長一點的世代似乎正為平時無法輕易前往的星球的居民動向弄得心情起伏不定，把這件事看得很重要。就連沒什麼話好聊的父母，都可以常看到他們一起看電視。我則是周遭人們愈是熱衷這個話題，就愈是會眼神冷淡地看向掛在黑夜中的那顆星球。

比起那種小事，不如想想將來志願，想想以後的人生，還有考試之類的。

自己身邊就有很多該好好思考的事情。

反正那顆星球的居民待在哪裡，也無關我的人生。

不過，要是那顆星球的居民移居過來，又剛好住在旁邊有火箭發射場的鄉下小鎮，可以因此看到外星人接受大家的歡迎走在鎮上的話，我是多少會想去湊個熱鬧啦。會想這麼做，很大的原因也是因為狀況太特殊，不用去上學。打開電視也只看得到外星人相關的報導，所以我認為與其隔著畫面看他們，不如到現場看。

外面的道路全部禁止通行，很多大人都去擔任警衛了。看熱鬧的都被趕到邊邊去，變得像是因為便當盒斜著放就全擠在一邊的便當菜。我也擠進人群之中，但馬上就感受到人的體溫散發過來，覺得很不舒服。可是我已經走到半路了，要回頭也很累人，不得已只好繼續待在人群裡。

大家好像都想看外星人。

明明應該在新聞裡就看過了。

外星人似乎沒有很多手腳，嘴巴也沒有裂開到耳朵附近，也沒有寄生在我們身上產卵的習性。外表也跟幾乎這個星球上的人類一樣。真要說的話，就是眼睛顏色比較特殊吧。聽說就經過各種研究後得出的結果顯示，在環境類似地球的星球上，只有跟人類很像的人型生物能夠存活下來。他們的世界好像就是那種構造。

而現在似乎正在調查為什麼會變成那種環境。

大人好像每天都在思考一些光稍微想想，頭就會很痛的事情。

大人好厲害。我真不想變成大人。

我想活得更愜意一點。

後來，在我的喉嚨變得很乾了的時候，外星人們這才終於出來露面。在大批像是護衛的人們保護下，接連有敞篷車駛來。好誇張，好像遊行一樣。不對，這算遊行嗎？人數很多，不過倒也沒有上百人，總之這下終於有機會親眼看到外星人了。新聞說的好像沒錯，外星人外表上沒什麼顯眼的地方。

我不禁懷疑起來。

這就算找一群地球人來，直接說他們是外星人也騙得到人吧？

我是這麼想啦，但周遭變得更嘈雜了。外星人們也不能摀住耳朵，真是苦了他們了。

雖然他們變成大家看熱鬧的焦點，不過被這樣對待的人們心裡是怎麼想的呢？

地球人的人數比較多，他們會不會感到不安？

搭最前面那輛車，看起來像外星人代表的人臉上掛著微笑，看起來很和善。

還真辛苦啊。

當我這麼想的時候——

胸口忽然被意料外的衝擊狠狠捶了一下。

這應該是第一次有一件事情能讓我的心臟承受這麼大的負擔吧。

衝擊的力道強到我會冒出這種想法，我也因此暫時停止呼吸。

我跟受到歡迎的隊伍中的一個女孩子對上了眼。

是因為陽光很刺眼嗎？還是有什麼東西吸引她的注意？風吹的力道？雲朵的形狀？在某種要素的絕妙平衡之下，使得女孩子抬頭看往我這裡。

那一瞬間，原本不經意看著遊行隊伍的我，也偶然看到了隊伍中的那個女孩子。

我們直直相視彼此。

不曉得是不是光線使然，她的肌膚跟髮色看起來很淡，是整體上看起來很白的女孩子。

她的頭髮是淡金色，眼睛則是黃色。

那顏色比黃金更深的眼睛，光看一眼，就令我有種無法忘懷的預感。

彷彿從水底仰望眩眼的太陽。

我們彼此都無法將視線移開對方身上。

但是，這種現象也在車子緩慢前行之下，立刻畫下句點。

我一直看著那個女生，直到她回頭面向前方，最後在人群中失去她的身影。

我一直注視著她消失的方向。

周遭的嘈雜，以及惱人的熱氣都被拋在我的意識之外。

內心產生眾多無法化作言語的意念，在舌頭上彼此糾結。

我是女的，而她也是女的。

可是——

胸口感受到的這份激昂、焦急、飛躍。

給予我甚至會感到呼吸困難的滿足感，以及瞬間吞噬那種滿足感的飢渴。

相互矛盾的狀況同時存在，弄得我的身體好像要被壓扁，並因此四分五裂。

外星人……女生。

我無法隨便去見移居過來的外星人。

若不是擁有足以會面的資格的大人，就不被允許去見他們。

反過來說，有那個資格，就能跟外星人見面。

她並不是待在我不能用走路過去的星球。

那個女生確實跟我一樣身處這個世界。

我畢業後的志願就此決定了。

我要直直朝著她所在的地方前行，早點變成大人。我如此心想。

之後，又過了幾年。

成功獲得資格的我，來到了安排給外星人居住的住宅區。

這裡自然景觀茂盛，是個人煙稀少，風力也適中的好地方。

說不定是因為人少，才會有茂盛的自然景觀。

我想通為什麼會是這種環境時，也立刻找到了那個女生。

那個女生坐在住宅附近的草地上，在風中發呆。

先前只是興奮跳動的心臟開始收縮，變得沉重。

這份堅韌的緊張，完全不像會在這種清爽環境中感受到的情緒。

我走過去，發出踩過草地的聲音，那個女生因而轉過頭來，瞇細雙眼。她的頭髮比當時更長了。光是看到彷彿金線一般的頭髮飄逸，眼睛底下就一股溫熱。她的眼睛顏色，依然鮮豔得刺眼。

女生「啊」地一聲，張大了嘴巴。

她的反應看起來像還記得我。我們都還記得連一句話都沒說過，就只是曾在好一段距離下四目相交的彼此。一想到這裡，我就差點陷入了一陣暈眩當中。

一走近那個女生，本來只轉過頭來的她也轉身面對我。她站起身，迎接我的到來。

身高是我比較高。

就算攤開帶來的字典，也看不進裡面的內容。

原本已經記住的話語，有如被接連拋棄了一般，完全無法出現在腦海中。
暈眩感豈止沒有緩和，甚至更嚴重了。
我說了一些話，那個女生顯得很傷腦筋。
那個女生也回應我一些話，換我感到困惑。
我們彼此都學習得不夠充分，無法順利傳達話語。
即使如此，我還是一手拿著字典，嘗試自我介紹。
我比手畫腳地說話，表明自己的身分。
那個女生動著嘴唇，照著說出我的名字，我表示她說的沒錯。
而她也告訴我她叫什麼名字。
我沒有聽得很清楚，不過——
「這……呃，可是……」
我覺得她聽起來像是說自己叫思夢樂，是我聽錯了嗎？
思夢樂應該還沒到宇宙去開分店吧？
我跟字典大眼瞪小眼，煩惱該說什麼的時候，那個女生不曉得是覺得哪裡好笑，笑了出來。
光是看到她的笑容，胸口就一陣雀躍。
那股雀躍順著手腕上的線，一點一滴地擴散開來。

我闔上了字典。

雖然我有很多話想告訴她，但現在——

我只想沉浸在遇見她的這次偶然之中。

加速跳動的心跳，表達了我自身所有的覺醒、情緒，以及激昂。

我在地下鐵等著電車到來時，視線自然飄往樓梯的方向。

眼前是一群平時無法辨別誰是誰的眾多上班族，而我正試圖從中找出那個人的身影。

找出每天早上跟我在同一時間搭同班電車的那名女子。

說是搭同班車，但都搭不同車廂，就只是個會讓我覺得「喔，她今天也在啊」的人。

我跟那個人偶然坐到相鄰的位子，而我在不知名的力量催使下也問了她的名字，之後就分別了。這是昨天發生的事情。

我沒有問她的電話號碼，也沒約好要再見面。

這也是當然的。畢竟我們只是聊了一下而已。

彼此又不是朋友。

但這一點立刻使得心裡產生類似焦急的情緒。

就這樣再也不見面真的好嗎？我無法靜下心來。

可是我們的關係也微妙到不知道算不算認識。

雖然不一定會有什麼特別的。

沒有什麼特別的才是正常現象。

不過我隱約在期待著會有什麼事情發生。

……我還講了真多「什麼」。

當我著眼在無所謂的瑣事上時，電車的光芒便從隧道深處行駛而來。今天她搭其他時間的車嗎？我上車前再抬頭確認最後一次，這時才看到她人在連忙趕來搭車的人群之中。

我感覺到自己露出了笑容。

電車停下發出巨響的同時，她也下了樓梯。然後找到了我。

她似乎有些猶豫地停止不動，但那也只是短短一瞬間的事情。

她走來我的身邊。

最後一步跨得特別大步，彷彿想要跳越警示線。

接著，我們就一起含糊地笑了笑。我無法拿捏該用怎麼樣的態度面對她。

之後，我們也省下了問候，搭上感覺隨時會開走的電車。去程的電車不會有空位，於是我們就並排站著。我們上班地點不一樣，不知道到哪一站都還能一起搭車。

「嘿。」

氣氛稍微沉穩下來以後，她輕輕低頭問候了一聲。而我也跟著她回答一聲「嘿」。

為什麼要用這麼美式的方式打招呼？

「妳今天……呃，比較晚？」

我用手指動作表達她差點趕不上電車，她就用手指捲著頭髮說：

「有點睡過頭。」

「喔。」

「我早上很難起來。」

「這樣啊。」

我們的對話在這裡中斷。

所謂對話，本來應該是這樣的嗎？

仔細想想，對話就是這麼簡短。至少我跟公司的同事是這樣。

感覺像是排列幾顆乾燥的石頭，不過簡短到那麼乾脆，我反倒輕鬆。

可是現在對話熱絡不起來，卻莫名讓我浮躁。

「那個——」

她開口說道。我跟映照在正前方車門玻璃上的她對上眼。

「我們在不同公司上班，可能很難約時間……不過，要不要一起去吃飯？」

我握著吊環的手跟手肘變得僵直。

「下班之後？」

「嗯。」

這次，我直接看著她。

「我總覺得我們能成為朋友呢。」

她說完，就露齒一笑。那是張讓人感覺不出年紀的純真表情。

那十足令我察覺到散落在她眼睛表面上，而且五彩繽紛的雀躍心情。

「挺不錯的。」

總感覺挺不錯的。

一種不知名，而且朦朧的預感——聯繫著我們的，就只有令人擔心的這股預感。

但是，我連對這種不穩定的感覺，都能樂在其中。

沒多想什麼就倚靠在某件事物上這點，跟以往沒有差別。

不過，現在自己的心態卻變得很積極。

真不可思議——我的心靈也隨著電車一同搖擺。

星期一，我在暫時沒雨，感覺陽光比平時更強的時間離開家門。

「早……早安。」

我想著學校的事情打起呵欠，發現她今天也在我家外面等。

她動也不動地站在我旁邊，看起來好像祕書一樣。
我本來打算裝模作樣地咳一聲，來擺個架子。
當然，我只是在腦袋裡想像一下那畫面，就決定不那麼做了。
「……哈哈。」
看到她不曉得為什麼只是問候一聲就變得很僵硬的肩膀，就不禁笑了出來。
我這顆感覺只要一鬆懈就會沉沒的心靈，被她盡心盡力的樣子所拯救。
「早安，安達。」

現在，這顆星球上存在著多少人呢？
誕生世上的人，會跟多少人連邂逅的機會都沒有，就這麼迎接生命消逝呢？
我理所當然似的，在那一大群人之中遇見了安達。
就算存在多少我無法有機會相遇的人，還是遇見了安達。
就在這個世界之中。

後記

我總是在思考所謂的命運究竟是什麼。

持續思考下去，偶爾會像是解明了什麼一般，發現某些道理。

但唯有把那些道理徹底化作言語，我怎麼樣都辦不到。

或許其中存在著類似人類的極限那樣的東西吧。

雖然很令人心急，但經過一段時間後，我還是會繼續思考這件事。

我認識一個人，或是跟一個人道別的時候，總是在思考這些。

說不定我命中注定就是這樣呢。

聽說後記要寫什麼都可以，於是我寫了一些無所謂的事情。

話說回來，雖然還沒受獎，不過我好像會獲得表揚。似乎是在電擊文庫出版很多書的獎。

我自己也不知道到底出了幾本就是了。

能一直出書到甚至獲獎，全是多虧各位讀者跟我自己。我無比希望讀者跟我都可以好好注重身體健康活下去。雖然是理所當然，不過能有今天也是多虧我自己。

畢竟書不自己寫，也不會有其他人來幫我寫。

昨天跟更早之前的我好好努力了一番，所以我現在也過得很折騰。可是先前的我不努力的話，現在可能會更折騰。不過折騰一點也沒關係啦。能適量增加該做的事，也是有好處。

總之之後好像會有那樣的事。

現在還沒發生。

搞不好其實不會發生。

不知道到底會不會發生這點，實在很引人期待呢。

雖然還不確定，但本作大概會是今年發行的最後一本書。

現在說是還有點早，不過真的很感謝各位今年也陪伴我走過一年。

可以的話，明年也請各位多多指教了。

各位喜歡看《安達與島村》是很好，但是我認為其他的書也不錯。

我也有寫推薦文，就請各位也多關照另一部作品了。

而買了另一部作品的讀者們，也不妨看看本作。

大家互相幫助嘛。

而明年也算是我開始當作家的十周年，如果也能出版跟十周年相關的書就太好了。

還有，下次應該會是教育旅行篇。

我還沒決定要讓她們去哪裡。最近的高中生都是去哪裡呢？

泡溫泉的場景需要寫出來嗎？究竟該不該寫呢？

我完全沒有頭緒。

入間人間

Kadokawa Light Novels

打工吧！魔王大人 1~16 待續

Kadokawa Fantastic Novels

作者：和ヶ原聡司　插畫：029

魔王收到某個女孩的巧克力？
情人節大騷動熱鬧登場！

為尋找「大魔王撒旦的遺產」，魔王等眾人從位於日本的魔王城搬到安特・伊蘇拉。然而魔王為參加正式職員的錄用研修而獨自留在空蕩蕩的魔王城。之後魔王意外從研修的某位女孩那裡收到人情巧克力。這事在被艾契斯散播出去後，讓女性成員們大為動搖！

台灣角川

各 NT$200~240/HK$55~75

Kadokawa Light Novels

新說 狼與辛香料

狼與羊皮紙 1~2 待續

Kadokawa Fantastic Novels

作者：支倉凍砂　插畫：文倉 十

從《狼與辛香料》到《狼與羊皮紙》
橫跨兩個世代的冒險故事熱鬧展開！

多年前，曾與賢狼赫蘿及旅行商人羅倫斯在旅途中同行的流浪少年寇爾，如今已長成堂堂青年，與他們的獨生女繆里情同兄妹。調皮的繆里一聽說寇爾要遠遊，竟然就偷偷躲進他的行李蹺家了！兩人將展開一場「狼」與「羊皮紙」的改變世界之旅！

台灣角川

各 NT$230~240/HK$70~75

©Y.A 2016

Kadokawa Light Novels

八男？別鬧了！ 1~9 待續

Kadokawa Fantastic Novels

作者：Y.A　插畫：藤ちょこ

威德林訪問鄰國竟捲入當地政變
想回國卻受命前往戰場扭轉局勢!?

威爾等人在被捲入阿卡特神聖帝國的政變後，搭馬車逃離首都巴迪修，前往菲利浦公爵領地。他們努力尋找返回赫爾穆特王國的方法，結果王國卻傳來「盡可能讓局勢變得對赫爾穆特王國有利」的命令。沮喪地前往戰場的威爾等人將面臨重大威脅──

各 NT$180~220/HK$55~68

台灣角川

Kadokawa Light Novels

絕對雙刃 1~11 待續

Kadokawa Fantastic Novels

作者：柊★たくみ　插畫：淺葉ゆう

為勝利付出巨大的代價竟是失去至親!?
透流等人將面臨意想不到的戰鬥對象！

為勝利付出巨大的代價，透流再次失去音羽，連莉莉絲和小虎的身影都從學園中消失。透流等人懷抱隱約的不安度日。殊不知在平凡無奇的日常生活背後，殘酷的命運已悄悄但確實造訪。此時，透流身邊出現了令人懷念的對象……？

台灣角川

各 **NT$180~220/HK$50~68**

國家圖書館出版品預行編目資料

安達與島村 / 入間人間作 ; 蒼貓譯. -- 初版. --
臺北市 : 臺灣角川, 2017.08-
　冊 ;　公分
譯自 : 安達としまむら
ISBN 978-986-473-680-5(第6冊 : 平裝). --
ISBN 978-957-564-038-5(第7冊 : 平裝)

861.57　　　　106004551

Kadokawa
Fantastic
Novels

安達與島村 7
（原著名：安達としまむら 7）

2018年2月8日　初版第1刷發行
2024年3月22日　初版第7刷發行

作　者：入間人間
插　畫：のん
日版設計：鎌部善彥
譯　者：蒼貓

發行人：台灣角川股份有限公司
總　監：呂慧君
總編輯：蔡佩芬
主　編：林秀儒
編　輯：黎夢萍
設計指導：陳晞叡
美術設計：黃永漢
印　務：李明修（主任）、張加恩（主任）、張凱棋

發行所：台灣角川股份有限公司
地　址：104台北市中山區松江路223號3樓
電　話：（02）2515-3000
傳　真：（02）2515-0033
網　址：www.kadokawa.com.tw
劃撥帳戶：台灣角川股份有限公司
劃撥帳號：19487412
法律顧問：有澤法律事務所
製　版：巨茂科技印刷有限公司
ＩＳＢＮ：978-957-564-038-5

ADACHI
SHIMAMURA

Kadokawa Fantastic Novels